デッドヒート㊤

おれたちの箱根駅伝

須藤靖貴

ハルキ文庫

角川春樹事務所

デッドヒート　上　おれたちの箱根駅伝

走水剛《はしりみずたける》　大学一年生

1

四月は風が見える。強さも、風向きも。風の色さえも。

十八歳でそのことがわかった。

ただし匂いだけはわからない。汗と埃《ほこり》と膏薬《こうやく》の匂いが流れてくるから。

一年生十五人で大学グラウンドのトラックを走る。

おれは最後尾にいて、前を行く連中の髪が揺れるのを見ている。

びゅうと風がうなる。ピンクの霰《あられ》が降ってきた。桜吹雪だ。

コーナーを曲がるとキャンパス最北の五階建て校舎が目の前にそびえ、花びらが後ろから吹きつけてくる。南風がおれの背中を押す。

グラウンド東西にソメイヨシノの並木があり、三日前のチーム初集合のときにちょうど咲き揃《そろ》っていた。

散り落ちた花びらも強風で巻き上がり、視界が桜色になる。この世のものとは思えない派手やかさだ。盛大な散りっぷりで、やけっぱちのようにも見える。

すぐ前の走者のうなじに花びらが数枚、張りついている。先端が少し欠けた楕円《だえん》。それが豚の足跡に見えて、ふっと笑いそうになった。

関東南部は今年一番の強風。修学院《しゅうがくいん》大横浜グラウンドでは風が荒れ狂っている。トラック中央の芝生にウォームアップ中のサッカー部員たち。誰にも相手にされないボールが風下へすごい勢いで転がっていった。

陸上競技部の長距離チームは四百メートルトラックを流す。左回りに十周。一キロ三分半と監督は言った。トラック一周八十四秒、ゆっくりとしたペースだ。

十五人は走りだすとすぐに三列縦隊《じゅうたい》になり、おれは自然と一番後ろになった。強風下では先頭を譲るのもセオリーだけど、四方から風がぶつかってくると戦略もへチマもない。先頭を行く三人、次の三人は高校時代にそこそこの実績がある——らしい。一年生のプロフィールはすでにチームのホームページに載っているという。おれはそんなものは見ないし、自分のことがどう書かれているのかも興味がない。

それでも、同期のほとんどがおれよりも速いことはわかる。上半身を揺さ振られるような風の中で、誰もが安定したフォームで脚を出している。左手のランニングウォッチを見ると一周目は七十五秒。先頭を行くやつらの鼻息は荒いに違いない。

こっちも負けちゃいない。大学の臙脂《えんじ》のトラックに立つまで、二月、三月と早春の上州路《じょうしゅうじ》を走り込んできた。大学に合格して気持ちが高揚したせいか、山道を見つけるとぐいぐい入っていった。県境を越えて軽井沢まで登ったこともある。高校三年のラスト三か月で、太ももが一回り大きくなったような気がする。その割には身体《からだ》が軽い。絶好調で上京してきたんだ。

しばらく一人で走っていたせいか、練習参加初日にトラックを疾走する先輩たちの姿を見て、何度も瞬《まばた》きしてしまった。ものすごく速い。こんなに速いのか、というくらいのもんだ。一キロ三分のペースというから、それならば高校時代にも経験がある。自分たちは相当に速いスピードで走っているんだと改めて思う。

新一年生の力量を試すように顔に花びらが当たる。

来年も同じように桜吹雪が舞うのだろうか。再来年も、そしておれが四年生になる四月も。未来永劫《みらいえいごう》、この風景が続くのかな。

そんなことを思っていると列が減速し、ランニングが終わった。

「肘《ひじ》、ぶつかっちゃって、ごめんね」

「全然。だいじょうぶ、だいじょうぶ」

「すごい風だったね」

「コーナーを曲がったとき、飛ばされそうになったよ」

「追い風のとき、ペースが速くなりそうで困ったね」

「そうだね」

すぐ前を走っていた黄色のランニングと青のランニングが話している。優しげな会話だ。そこに桜吹雪が降りかかるから、淡くてふわふわとした雰囲気が漂《ただよ》っている。

みなが高校時代のランニングユニフォームを着ている。おれだけが無地の白いTシャツ姿だ。気後れなんてなく、胸を張った。おやじの言葉どおりだと思ったからだ。

「大学生が高校のユニフォームを着てはいけない。学生服で会社に出勤するような愚行だ。今を生きるプライドを持て。過去はどこにもない。過去はお前の頭の中だけにあって、ときどき思い出す程度でいい」

おやじはプロの将棋棋士で、そのせいなのかどうなのか、言葉のほとんどが断言調《だんげんちょう》だ。「~かもしれない」「~のほうがいい」などというマイルドな言い回しは使わない。おれはおやじの断言調と、それを放つときに捲《まく》れ上がる上唇の形と鋭い目つきが大嫌いだけど、十にひとつはいい話もある。

「絶対にやってはいけないこと。それは戦っている最中の後悔、反省だ。そんな暇はない。ひたすら最善手を模索して進め。走れ！」

おやじには説教が趣味のようなところがあって、ほとんどはおれにとって馬耳東風《ばじとうふう》だけど、これだけは別だ。戦うことを走ると表現するところや、後悔についやすエネルギーを前進に回せ、というのがいい。

おやじの言うとおり、大学に入ったばかりのフレッシュな心身に高校の着古したユニフォームをまとわせるのは辛気臭《しんきくさ》い。

おやじの断言には副次効果もあった。

「過去はどこにもない」という言葉に心地よくつまずいたのだ。どこで読んだか習ったかと頭の引き出しを次々に開けた。中学の国語の授業でやった『昨日はどこにもありません』という三好達治《みよしたつじ》さんの詩だった。

「昨日はどこにもありません」という言葉がリフレインし、この春から頭に居座ってしまった。

いいえ悲しくありません
何で悲しいものでしょう
昨日はどこにもありません
何が悲しいものですか
昨日はどこにもありません
そこにあなたの立っていた
そこにあなたの笑っていた
昨日はどこにもありません

内容も、文章のリズムもいい。

後半のこの部分が、走るときにおれの頭の中でぐるぐる回る。言葉の調子が走るリズムにぴったりなんだ。ひょっとすると三好さんは走りながら詩を作ったのでは、とさえ思える。

だけど、すっかり暗記しているはずなのにいつも間違える。

「そこにあなたの笑っていた」を「そこにあなたの泣いていた」って。そのほうが自然に思えて。悲しい昨日も今はどこにもないけど、楽しかった昨日もない、ということだろうか。なにもないんだから、悲しいことも楽しいこともない、って意味だろうか。

だから、「どこにもないはずの高校時代のユニフォーム」をずらりと見せつけられると、「今を生きるプライドを持てよ！」なんて悪態のひとつもつきたくなってくるんだ。

やがて色は減る。二年生以上の集団は青空と同化するような色をまとっている。水色のウインドブレーカー上下を着込んでいる部員が多い。

ターコイズブルーが修学院大のユニフォームカラーだ。宝石のトルコ石の色らしく、少し緑がかった水色。強そうじゃない。上下長袖のウインドブレーカー姿を見ると、ドラえもんのように見える。胸と脇に白い部分があるせいだろう。その感想は間違っていないようで、他校から「ドラえもん軍団」と呼ばれることもあるらしい。でも大会に出るときには、ランニングシャツと白いパンツ姿になると青空に雲が浮かぶような軽やかさだ。全身をターコイズブルーで固めるからドラえもんに見える。

おやじは全否定するけど、一年生の高校ユニフォームは出身地込みの名札みたいなもんなんだろう。話がしやすくなる。その名札がないせいなのかどうか、おれは誰にも話しかけられない。こういうところにもおやじの因果が巡っている。

腰に手を当てて胸を張り、呼吸を整えながら顔に桜吹雪を受けていると、「自分、誰や」と声をかけてくるやつがいる。左隣りで走っていたやつだ。

色黒の顔が笑っている。おれよりも五センチは背が高い。ユニフォームは黒。胸に「大阪・荘屋高 曲木《まがりぎ》」とある。

「走水剛」

おれは名乗った。

「どこの高校や」

「上州南陵。群馬だ」

「群馬ゆうたら、強いんは研大付属か。県で何位やった?」

「六位」

「上の大会へは?」

群馬県大会六位以内が関東大会に進める。しかしそこでは四十八チーム中四十四位と惨《ざん》敗《ぱい》した。

「そんなんで、よう入れたな」

ムカつくやつだと目に力を入れようとしたが、すぐさまおれは笑ってうなずいた。

小学、中学、高校と、おれはいつだって周囲とぶつかって居場所を狭《せば》めてきた。だから大学生活はぶつからずに心地よく過ごそう——とはまるで思わない。

こいつの笑顔が人懐っこいから、笑みを返してやる気になったんだ。厚揚げを丸ごとほおばったようにえらが張っているのに、さらっと長めの髪型だ。白菜の上に馬の尻尾《しっぽ》がなびいているようで、まったく似合わないところが微笑《ほほえ》ましい。

名前は曲木進一《しんいち》。

「まがりぎ、や。オモロイ名前やろ」

そう胸を張った。大阪は豊中《とよなか》の出身だ。

「剛をタケルと読ませるんやな。タケルでええな」と言うからうなずいておいた。

「さすがは油谷《あぶたに》監督や。無名校からも選手を取ってくるところがエエわ。実績と才能のある選手に加えて、大学から力を伸ばす地道な選手がチームを支えな、箱根では勝てへんのや。野球やサッカーをやっとったやつもおるんやろ」

「昨日はどこにもありません」

「なんや?」

「おれの好きな詩だ。高校時代の自慢ならノーサンキューだぜ。過去のことをぐずぐず言うんならあっち行け」

ちゃうちゃう、と笑顔で首を振った。

「自分、大物やな、ちゅうこっちゃ」

どや、という顔をする。〝自分〟という呼びかけに違和感があるけど、関西では〝お前〟や〝君〟ということらしい。

「ずっと最後尾におったやろ。魂胆《こんたん》でもあったんか」

「風よけか。そんなセコイこと、考えるもんか」

「自然とケツについたんやな」

いつでも抜けそうなペースだったけど、こんなところで意地を張るのもどうかと思って留《とど》まっていただけだ。

「ビリにおっても動じないヤツっちゅうのは、タダ者やないらしいで」

「誰が言った」

「野村監督とか、エラそうなことを言う人やないかな」

笑った。自分も最後尾だったくせに。おれを誉《ほ》めているようで自分を讃《たた》えているじゃないか。

「もう競争は始まっとるんや。学年でせいぜい五人やろな。箱根を走れるんは。つまり三分の一の確率や」

「入部早々、息苦しいことを言うなよ」

「甘いで。ええか。単純な確率を考えると、部員六十人として箱根を走れるのは十人や。六分の一やな」

一応うなずいた。部内での競争が厳しいのは承知している。がむしゃらに頑張った結果、自然と枠に食い込めた高校のときのようにはいかないだろう。

「そのチャンスが四回巡ってくる。六分の一掛ける四回やから……六分の四、つまり三分の二や。あれ？」

曲木が大げさに首を傾《かし》げる。

「結構な確率じゃん」

「足したり掛けたりしたらアカンのや。毎年の勝負やから常に六分の一や」

前言のあっさりとした翻《ひるがえ》しぶりがおかしく、おれはわざと声をあげて笑った。

号令がかかり、六十人近くが二重三重の輪を作った。おれたち一年生は最後方だ。

油谷賢《けん》監督が一歩足を出した。

「強風の中、おつかれさま」

穏やかな言葉が風に乗る。独り言のように声量を絞っている。耳を澄まさなければ聞き取れない。

監督は百八十センチ近い長身で、目鼻立ちがすっきりとしている。大所帯を束ねる将といった威圧感はなく、大学院研究室の助手という雰囲気か。この人が上下ウインドブレーカーを着込んでもドラえもんには見えない。

ひと目で、この監督は誰かに似ていると直感した。でも誰だかわからない。考えて考えて考え抜いて、もう少しというところまでいくもののたどりつけなかった。それが、さっきトラックを走っているときにポロリと腑《ふ》に落ちた。幕末に活躍した新選組の土方歳三《ひじかたとしぞう》だ。教科書などで目にしたあの肖像。クールな面ざしの下に情熱を秘めたような。俳優や歌手の顔ばかりを頭に巡らせていたから、わかるはずがなかった。

「季節が変わるとき、上手にギアチェンジしよう。一年生も正式に合流して賑《にぎ》やかになったけど、気持ちを引き締めて、各人の課題をしっかりこなすこと」

短い返事が揃って解散になった。

合宿所に帰って入浴、夕食だ。

音を立てて風が吹き、桜が舞う。今夜中にグラウンドの桜は散ってしまうだろう。

「フーレー、フーレー！」

応援団の練習だろうか。どこかから野太い声が聞こえてくる。

2

大学入学ってのは人生で二番目にフレッシュな場面なんだって。ガイダンスで講師が言っていた。

高校や中学入学など、いくつかある節目の中でも群を抜いた清々《すがすが》しさがある。受験勉強を経《へ》て合格した達成感だったり、服装が自由になったり、おれのように地方から東京へ出てきたりと、理由はいくつかありそうだけど、大学生になった気分はたしかにフレッシュ感に溢れている。

じゃあ一番目ってなんだ。生まれたときだ。そりゃダントツにフレッシュだよ。生まれるまで、この世におれはいなかったんだから。だけど、生まれたときの記憶なんてない。だからフレッシュさを実感できる今が、繰り上げで一番目になるんだ。

そんなフレッシュなタイミングで、おれはいいチームを選んだ。

修学院大は駅伝新興校だ。

今年の箱根駅伝で総合十位。前年に引き続きシード権を獲得《かくとく》した。

伝統校、強豪校がひしめく大学駅伝チームの中では、往路も復路も総合も、優勝を目標に掲げるようなチームじゃない。

しかし五年前に就任した油谷監督の手腕と大学によるリクルーティングのバックアップ態勢がうまく嚙《か》み合って好成績を残している。大学陸上競技部の中に総勢五十二名の長距離チームがあり、一月二日、三日の箱根駅伝を目指している。専用の合宿所もある。伝統とは無縁だけど、上り坂の活気がある。

合宿所は東京の世田谷区から多摩川を渡ってすぐ、神奈川県川崎市高津《たかつ》区にある。三年ほど前に建てられた四階建てのビルで、風呂も広く、部屋も清潔そうで住み心地もよさそうだ。

あいまいな表現を繰り返したのは、部屋を見たこともなく、住んでもいないからだ。定員は四十名。二人部屋がきっちり二十だけ。おれはそれに漏れた。

二年生でも入れない先輩もいれば、部屋を割り当てられる一年生もいる。

おれのように外にねぐらを構える学生も拠点は合宿所だ。集合と解散とミーティングは合宿所で行なわれるし、食費は部費ということで納めているから、朝食と夕食は部員全員が食堂で摂《と》る。昼食は本部キャンパスか練習場のあるキャンパスの学食。どちらも安くて、そこそこ美味《うま》い。とにかく腹が減って仕方がないから、三食を腹いっぱい食べる。それでひたすら走り、ますます腹が減る。十代後半というのは、ただでさえ腹が減る年頃らしい。

メシ喰って走って腹減って。その繰り返しだ。ふと、なにやってるんだと思うときがある。

グラウンドをあとにして電車に乗り合宿所の最寄り駅に着いた。三十分もかからない。一年生が固まって歩いている。おれは曲木と話をしながら歩いた。

「朝と夜、一緒にメシを喰うのは、同じ釜のメシを喰う仲ってことで、そういう効果も期待してるんだろうな」

「栄養管理やろな。個人に任せとったら、練習に見合うような栄養素を摂れへんよ。駅伝は団体スポーツや。人間の基本はメシやから、やっぱり一緒に喰うことが大事なんやろ。チームワーク強化の一環や」

「サッカーとか野球とかさ、外国のチームでも合宿所で揃ってメシ喰うだろ。そんな中で、チームワーク強化ってことで言えば日本が最強なんだってさ。なんでかわかるか」

おれは問いを投げた。

「よう知らんけど、いただきます、ごちそうさまって言うのは日本くらいちゃうの。なんでもきちんと揃うところがエエんやろ」

「主食がご飯だからだよ」

おやじからの受け売りだった。

「ご飯は粘気があってもっちりしてる。互いにくっついてる。そんな主食は世界中に日本だけだ。パンやパスタじゃ連帯感は生まれない。タイ米やカリフォルニア米もパサパサしてる。粘気のあるご飯をみんなで食べることがいいんだ」

「オモロイやないか。なんや、ますます腹が減ってきたで」

合宿所に着いた順から汗を流す。浴室にはシャワーブースが十二個と、十人くらいいっぺんに入れそうな浴槽がある。

曲木と一緒に脱衣所に入る。案外空いている。生活の時間割りはざっくり決まっているけど、それ以外は個人の勝手だ。シャワーだけを浴びる人もいれば、手と顔だけ洗って夕食を摂り、食休みしてから風呂に浸かって身体を伸ばす先輩もいるようだ。

浴室には五人くらいの先客がいて、湯気がもうもうとしていて顔がよくわからない。おれたちは「失礼します！」と短くあいさつしてシャワーを浴び、浴槽の隅に並んで浸かった。湯はかなり熱めで、こうして手足を伸ばすととても気持ちがいい。足腰の疲れが溶けていく。先輩たちは特になにもしゃべりかけてこない。

「ウチはエエ部やな」

曲木が小声で言った。あまりの気持ち良さに、質問の意図を考えもしないでうなずいた。

「部の雰囲気、ユルユルやないか。もっときびしいんやないかと覚悟してたで。先輩後輩の上下関係もユルいわなぁ」

今度はきちんとうなずいた。同感だ。

陸上は個人競技だから自己管理が大事。「管理されているようじゃダメ」ってことだろう。ただし時間にはうるさい。集合時間の十五分前には全員が顔を揃えている。

合宿所の食事は管理栄養士が作るメニューで、こっちの管理はいい。昼食がおざなりになったとしても、朝夕食が充実しているから安心だ。そのほかにもビタミン・ミネラルが豊富なドリンクやプロテインをタイミングよく摂る。

曲木が言うとおり、上下関係は心地いい。先輩たちが威張ってない。もちろん下級生は敬意を表し、上級生はそれを享受《きょうじゅ》するわけだけど、関係性を強要するような威圧感がない。

一般的に、大学の部活動は五月の連休明けまでは仮入部の色合いがあるという。新入生は〝お客さん〟扱いされる。だから今だけ先輩たちが優しいのかと思ったら、四年生も三年生も二年生も、それぞれの関係が穏やかだ。食事でも、後輩が先輩のご飯のお代わりを盛る、なんてことはない。配膳時以外は自分のことは自分でやる。お茶くらいは薬缶《やかん》を取りあげたついでに後輩が注ぐこともあるようだが。

「逆に、そういうのってホンマにきびしいで。管理は最低限で、あとはおのれがやるかどうかや。なんか、ヤル気が出てくるわ」

ヤル気が出たところでおれたちは湯槽《ゆぶね》から出た。熱い風呂でとても長湯できない。

髪をざっとタオルで拭いてから食堂に向かうと、外の廊下まで美味そうな匂いが漂ってくる。主に一年生が配膳などを任され、早く現われた二年生も手伝う。

その中に、はっきりと違和感漂うエリアがある。

調理のおじさんおばさんが厨房《ちゅうぼう》で忙しそうにしていて、料理が次々にカウンターに出てくる。その左脇に、ドラえもんジャージを着て、さらに同色のどてらを羽織った小柄で痩せた白髪頭がいる。全身ターコイズブルーのジイさん。パイプ椅子《いす》に腰をのせて、黒縁眼鏡越しに出来あがった皿をにやにやしながら見ている。コップで水を飲んでいるのかと思ったら、傍らには日本酒の一升瓶がある。腰が曲がっているのに背筋が伸びていて、まるで折りたたみナイフのようだ。

このジイさんは昨日も一昨日《おととい》もいた。寮監かと思ったけど、みながテーブルに揃うころには姿が消えている。謎《なぞ》のジイさんだ。

「おう。桜は散っちまったかい」

そう声をかけられた。声が太くて迫力がある。眼鏡の度が強いせいか、目が大きく見える。黒縁そのものが大きな目玉みたいだ。〝目玉ジイさん〟だ。

今がチャンスだと思い、おれはジイさんの横に立った。

「ひょっとすると、ウチの学長さんですか」

ジイさんは笑顔のままでおれに目を留めた。

「学長ときたか。ちっとは偉く見えるのか。おれはただのOBだ。近くに住んでる」

「陸上部のOBですか」

「いや。ここの国文科を出とる」

学科の大先輩だ。おれは大先輩の大きな目を見つめた。

「どうして、すぐに消えちゃうんですか。夕食、食べていけばいいのに」

「いろいろとあってな。うちじゃ酒が呑《の》めんのだ。それでまあ、ここで一杯ひっかけるわけだな」

小松菜と油揚げのソテーの小皿が次々にカウンターに置かれる。目玉ジイさんは油揚げを一片摘《つま》み、口に放り込んだ。顔全体で美味そうに咀嚼《そしやく》し、残りの酒を喉《のど》に空けて立ち上がった。そのまま、何も言わずに玄関に消えた。

「タケル、失礼やぞ。誰やわからん人に」

「だから聞いたんだ。おかげでわかった。あの目玉ジイさんは後援者かなにかで、それでウチのジャージを着てる。家族から酒を止められてる。合宿所に酒を預けておいて、散歩の途中で一杯だけ吞むんだ。一杯だけなら、家族にもバレないだろう」

「オモロイ人がおるな、大学は。まあ、すぐに確かめる自分もなかなかオモロイけどな」

目玉ジイさんと入れ違うように、次々に部員が食堂に集まってくる。

もうひとつ、オモロイ光景が始まった。

夕食の直前、二人一組になって頭を押し合う。押される方は首に力を入れてじっと反発する。〝ネック〟というアイソメトリック・トレーニングだ。関節を動かさずに筋力を強化できる。これを全員で十分くらい、前から後ろから右から左から、いろいろな方向から押し合って首の筋肉を鍛える。

大事なのは脚だけじゃない。全身をバランスよく鍛えることは常識で、重い頭を支える首の筋力強化が大事だ。おれは曲木のでかい頭を押した。曲木は片目をつぶって顔を歪《ゆが》めながら首に力を入れている。「力を入れるとき、できるだけ長く息を吐いてね」と主務の声がする。おれの番になり、首に力を込めた。

すぐに栄養を摂れるタイミングを考えて、ネックだけは食堂で行なう。この後でメシを喰うと、真っ先に首の筋肉に栄養が行きわたりそうで愉快になる。ちなみにネックは一人でもできるから、授業中にやることもある。

ネックを終えると油谷監督も降りてきて、七時にはきっちり全員が揃う。

今夜の献立は煮込みハンバーグ、小松菜と油揚げのソテー、小海老と帆立とアボカドのサラダ。豆腐とわかめの味噌《みそ》汁。白菜の浅漬けは大皿に盛ってある。デザートは苺《いちご》三個だ。

油谷監督も一緒に食べる。和やかな食卓だが、箸を置いて会話に没頭するような部員はいない。ご飯は食べ放題、味噌汁もお代わりできる。ここの味噌汁は素晴らしく美味い。おれは必ず三杯飲む。葱《ねぎ》と油揚げ、大根千切りとわかめ、豆腐となめこ、といったシンプルな具の組み合わせなのに、味わいが深い。一口啜《すす》ると身体中に栄養が行きわたるような気がする。

献立を見渡し、「ご飯は丼《どんぶり》四杯ってところだな」と計算するものの、四杯食べられたためしがない。遅くても七時半には「ごちそうさま」になり、しっかりと咀嚼するといいところ丼三杯どまりだ。でも食後に焙《ほう》じ茶をゆっくりと腹に収めれば、四杯も三杯も大差ない。

今夜は七時二十五分にみなが箸を置き、姿勢を正した。おれは苺を一度に三個口に放り込んで茶を飲み、夕食を終えた。

各テーブルで茶わんや皿を重ね、代表者が下げる。一年生のテーブルでも同じようにやり、ジャンケンをして返却担当を決めた。おれはグーを出して負けた。食器を下げたときに厨房のおばさんから台拭きを渡される。それでテーブルをさっと拭くとミーティングが始まった。

3

「一年生、自己紹介をお願いします」

監督の隣りに座る主務の四年生が明瞭な声で言った。右手にストップウォッチを持っている。同時に二年生の副務がすっと立ち上がって大型のホワイトボードを引いてきた。

一年生の氏名がすでに縦書きになっている。「走水剛」は一番右端にある。

いいタイミングでの自己紹介だ。三月から練習に参加している一年生もいるし、入学式後に入ってきたやつもいる。なんとなく顔を合わせているだけで、名前も出身地もきちんと知っているわけではない。

「一人二十秒以内で氏名を名乗り、ホワイトボードの名前に丸をつけてください。超過したらストップをかけます」

一年生は入り口に近いテーブルに固まっていたから、全員が腰をあげて厨房前に一列になった。おれは列の一番後方につき、一番左端に並んだ。

右端から自己紹介が始まった。上級生への顔見せだろうけど、おれも身体を捻《ひね》って連中の話を聞いた。

口を利いたことのないやつらが大半だ。

「新潟、長岡実業から来ました田中一斉《たなかかずただ》です。よろしくお願いします」

田中はそう言うと、水性ペンで自分の名前の頭に丸をつけた。小さな声に見合うような小さな丸だった。茶漬けをかっこむような早口で、五秒もかかってない。

「愛知県の新海高校から来ました栗上智也《くりがみともや》です。よろしくお願いします」

栗上も同じようなことを言って、やはり小さな丸を書いた。

「横浜、牧原高から来ました汐入一平《しおいりいっぺい》です。よろしくお願いします」

汐入も同じ。

「都立金杉高から来ました山際明夫《やまぎわあきお》です。よろしくお願いします」

山際も同じことをする。

「山梨県甲府市の武甲高校から来ました行方暁《なめかたあきら》です。よろしくお願いします」

「長野県、信濃《しなの》学園から来ました石橋宏《いしばしひろし》です。よろしくお願いします」

「岡山県、吉美東高校から来ました大磯伸照《おおいそのぶてる》です。よろしくお願いします」

「岩手県、関沢一高から来ました鹿島優太《かしまゆうた》です。よろしくお願いします」

「神奈川県藤沢市の緑南高校から来ました不入斗均《いりやまずひとし》です。よろしくお願いします」

思わず舌打ちが出た。

こいつら、ばかか。

どいつもこいつも同じ調子の猿真似《さるまね》じゃないか。オリジナリティ、ゼロ。

体力測定の反復横跳びのようにまるで面白みがない。出身高校と名前だけなら、わざわざ自己紹介するまでもない。内容の空《から》っぽさに加えて、「～から来ました」という表現の繰り返しが鼻につく。高校の正門からこの合宿所までそのまま走ってきたみたいじゃないか。他に言い方がいくらでもあるだろう。たぶん、最初の田中のつまらない自己紹介が典型になり、後続がそれをなぞった。シャイなのか、目立ちたくないのか。表現を真似て繰り返すのは自分の頭を使ってないからだ。

おれはこういうのが大嫌いだ。

不入斗なんてメチャクチャに珍しい名前じゃないか。由来を話せ。藤沢出身なら「箱根駅伝の地元です。3区を走って故郷に錦《にしき》を飾りたいです」くらい言ったらどうだ。

しかし監督をはじめ、先輩たちは穏やかな顔で連中の自己紹介を聞いている。たしかに時間は守っている。

「神奈川県横須賀《よこすか》市の汐南高校から来ました、相生武仁《あいおいたけひと》です。よろしくお願いします」

お、と思った。横須賀出身のやつがいる。おれは中学二年まで横須賀で過ごしたから、どこかの大会で顔を合わせているかもしれない。

待てよ。相生武仁。聞き覚え、見覚えのある名だ。顔も……。

大会どころかもっと近しかった。

中学一年のときに同じクラスだったじゃないか。

出席番号一番。〝あいおい〟だから五十音順ならば鉄壁の強さだと自慢していた。それなのに成績はいつでも最下位。勉強に関しては人のことをとやかく言えた義理じゃないけど、相生のようなやつがよく修学院大に入ってこられたものだ。今こそ「鉄壁の一番になります」くらい言えばいいのに。こいつもやっぱり気が利かない。

「千葉県、浦富学院の岩井《いわい》幹二《かんじ》です。あだ名は〝イワカン〟です。サッカー部でサイドバックをやってました。こんな自分が箱根駅伝を走れたら、それこそ違和感がある、なんて言われそうです。でも誰になんと言われようと、必ずそうなるよう、努力します!」

歓声があがり、拍手が起こった。

よくぞパターンを打ち破った。これこそが自己紹介だ。たぶん岩井も、おれと同じ不愉快さを感じたんだ。岩井は目元が涼しげで、母さんの好きなバンド〝TUBE〟のギターだかベースだか、どちらかに似ている。

「静岡県富士市、比奈総合高の貫健児《ぬきけんじ》です。名前のとおり、〝ぬく〟のが得意です。でも、ってことはいつでも先行されると。そうならないように頑張ります!」

また拍手。流れが完全に変わった。貫はたれ目で鼻の穴が大きく、愛敬《あいきょう》のある表情をする。芸人に居そうなタイプで、その外見を裏切らず期待に応《こた》えた。おれも手を叩《たた》いた。

食堂の空気が熱くなった。

ラスト、三人だ。

「たいへん美味《おい》しい夕食で。よかお味でした。特に汁がウマかです」

肩幅の広い老成した顔立ちの男がもさっとしゃべる。これまでとはまったく調子が違うせいか、みなが失笑した。こいつはメシを五杯喰っていた。

「伊地保《いじたもつ》といいます。薩摩隼人《さつまはやと》です。積極派のつもりですが、〝いじ〟で〝たもつ〟です。野球からの転向です。控え投手でした。現状維持の人生を打ち破るために長距離をやりたくなりました。野球の練習でもたっぷり走り込んできたつもりですが、やっぱり全然違いますね」

ナイス自己紹介！　高校名なんていらない。まだ話したことがないけど、おれはこいつが一発で好きになった。

ラス前、曲木の登場だ。

「大阪の曲木です。なんや、けったいな名前、思うかもしれませんが、これほど陸上に向いてる名前もないんですわ」

しゃべるたびに右手で髪をかきあげる。うっとうしい仕草がユーモラスだ。

「江戸時代のシャレで、急ぐことを曲木言うたそうです。曲がった木は柱には使えへんでしょう。柱にゃならん。走らにゃならん、ちゅうわけですわ。ほな、よろしゅうお願いします」

メチャクチャ受けている。監督も主務も副務も顔の前で手を叩いている。落語かなにかからのパクリなんだろう。曲木のしゃべる大阪弁がまたいい。

さすがやな。おれは心中、大阪弁で絶賛した。

アンカーはおれだ。まったく策を練っていない。だが、こういうときの当意即妙《とういそくみょう》さはおやじとの会話で鍛えられている。おれは胸を張った。

「上州南陵高校出身の走水剛です」

頭を下げ、勢いよく頭を上げると、みなの視線がおれに集まっている。

「目標はマラソンの日本代表になることです。オリンピックの舞台で走ります」

おお、と誰かがうなってぱらぱらと拍手が起こった。先輩たちは一様に笑顔だが、冷笑に近いのかもしれない。吐いた言葉に後悔はない。「目標を口にすると自己規定になる。すると日々の過ごし方が決まってくる」とは、数少ないおやじの名言のひとつだ。「内に秘めた決意」というのもカッコいいけど、あいまいで実体がない。しかしそれを口に出したとたんに姿形がはっきりする。

「アホやなぁ。自ら〝出る杭《くい》〟になるなんて」

曲木がささやいてきた。別にそういうつもりでもないんだけど、なるほど〝出る杭〟になるのは損だと思っているやつらばかりなら、ケンカを売ったことになる。

これでも、ちょっと割り引いて言ったんだ。

目標はオリンピックの男子マラソンで金メダルを取ること。

これも、おやじのせいだ。

高校二年生のある日の夕食のとき、「陸上の、お前の目標はなんだ」と聞かれた。

「高校で五千メートルの新記録を作ること」

そう答えると、そんなのは目標じゃない、と言う。

「目標は小さいものではいけない。五千メートルの新記録と言われても、しろうとにはピンとこない」

偉そうに言うので、おれは背筋を伸ばして、

「じゃあ、オリンピックだ。トラック競技もいいけど……やっぱり男子マラソンの金メダルだ」

そう言い放っていた。

オリンピック金メダルならば文句ナシだろう。おやじは満足そうにうなずいた。

「目標を口にすると、自己規定になる。おまえはオリンピックの男子マラソンで金メダルを取る。ならば、日々の過ごし方が決まってくる」

練習が厳しくても当然。目標が大きいのだから、苦労して当たり前ってことだ。

主務が手を叩き、おれの頭からおやじが消えた。

「新しい環境に足を踏み入れ、不安も多いかと思いますが、すぐに慣れます。要するに走るだけですから。中学、高校とやってきたことを、大学で続けるだけです。今季はこの体制で頑張っていきましょう。なにか疑問があったら、副務の真根《まね》に聞いてください。彼は修学院大陸上競技部と箱根駅伝について、なんでも知っています」

名指しされた真根が真顔でうなずいた。二年の真根成人《しげひと》。みなと同様にすらりと痩せてはいるが、首が細くて選手でないことはわかる。真根には照れた様子がまったくないから、冗談ではないのだろう。なんでも知っているというのはすごい。

解散になり、先輩たちは自室にあがっていく。

二十人近くが合宿所を出てそれぞれのねぐらに戻る。四年はさすがに全員合宿所生活だが、三年や二年にはアパート住まいもいる。その人たちが玄関でシューズを履くときの丸まった背中が淋《さび》しい。

おれもシューズを履く。別に淋しくもなんともないから、なるべく背筋を伸ばして靴ひもを結ぶ。

それより先に――おれは相生武仁の前に立った。

背はおれよりも五センチほど低い。いがぐりのような髪型だけど、髪のコシが弱いのか全体がぺしゃんこになっている。しょぼくれた柿のようだ。小さな目に警戒の色がある。しかし目線が強い。中学当時のあどけない顔とは違う。これではキャンパスですれ違ってもわからない。

「馬堀《まぼり》二中だったろ」

「やっぱりタケルか。珍しい名字だから覚えてるよ」

「こんなところで一緒になるなんて。びっくりだ」

「ここで再会するなんてさ。タケル、突然転校したじゃん。なんのあいさつもなしにさ。いろいろ噂《うわさ》になってたんだぜ」

おれは相生の目を見つめ、視線に力を込めた。

横須賀にいたころ、毎年夏休みになると、おれと弟の将《まさる》は南上州の母さんの実家に入り浸った。

中二の夏だった。母さんが合流して盆が過ぎ、横須賀に帰るかという段になっても、おれは腰をあげなかった。帰ってもいいことがない。クラスでも陸上部でも衝突していて、担任や顧問にも眉を顰《ひそ》められていて、親しい友達もいない。

それで、おやじ譲りの思い切りの良さか、そのまま群馬の中学へ転校した。

相生にも別れを告げず、横須賀を離れたんだ。

「横須賀に戻るのが面倒でさ。そのまま群馬の中学に転校したんだ。おれのこと、噂になってたのか」

「傷害罪とかで、少年院に入ったとか。自殺したとか」

「ひでえ言われ方だな」

「もう会うことはないって。同窓会にも来ないしな」

呼ばれてない。呼ばれても行かないけど。

「おれも会うことはないって思ってたよ。特に大学ではな。相生が大学に入るなんて驚いたぜ」

つい、言ってしまった。

タメシが逆流しそうになる。

相生は手がつけられない劣等生で、試験はいつでも零点、よくて十点台だった。おれでも七十点は取れるような簡単な試験でも零点。教員も呆《あき》れていた。

学業成績で劣るヤツにイヤミを投げる。下に見ることで自分の優位を保つ。

おれはそんな卑怯《ひきょう》者じゃないはずなのに——。

しかし、相生はまったく表情を変えなかった。

「高校も大学も全部推薦だよ。タケルは?」

スポーツの特別推薦ではなく一般推薦。高校時代の実績はさほど揮《ふる》わないものの、見込みがある、やる気がある、伸びる可能性がある——という連中が高校の推薦を受け、入試を経て入ってくる。

人が引いてしまったので、昔話を打ち切った。おれはこれから四畳半のねぐらに帰る。

相生は階段を上がれば部屋がある。

タイムと実績では相生に及ばない。そんなやっかみだ。でも中学のときの成績なんて、それこそ「昨日はどこにもありません」じゃないか。

イヤミを受けても、相生は動じなかった。相生こそ今を走っている。

前を走る相生の背中に言葉を投げた。そんな男が「目標はオリンピック」と宣言した。ランナーならば無言で追いつき、追い抜かなきゃ。

顔が焼けるように熱い。

おれは自分の頬を両手で叩き、逃げるように玄関を出た。

4

四月の夜へと飛び出す。シューズを地面に叩きつける。新二子《ふたご》橋を渡るまでは大股《おおまた》で歩き、その後はジョギング。ポンと脚を投げ出すように進む。

世田谷区側の土手に上がって西へ歩くと風が後ろから吹きつけてきて足がすいすいと進む。ウォーキングやジョギングをする人たちとすれ違う。南上州は川が豊かでときおり夕方に土手を走ったものだが、東京の川は夜でも視界が明るい。土手の右側に連なる住宅の灯に加え、四方にマンションの明かりが見える。

合宿所からはじかれた部員は近くのワンルームマンションやアパートなどを借りる。ルームシェアする部員もいる。おれはわざわざ遠いねぐらを見つけてきた。

二子《ふたこ》玉川《たまがわ》から多摩川土手をしばらく西に走ると、駅伝強豪の美竹《みたけ》大の練習グラウンドがある。入学前、美竹大はどんな練習をしているのかと思って土手を軽く流していたら、木造の古いアパートが目についた。「幌井《ほろい》荘《そう》」と表札がある。構えが大きく、相当な部屋数がありそうで、母屋に大家を訪ねてみると、四畳半一間で一か月光熱費込みの二万五千円。すでに三月。場所柄、美竹大の新入生で埋まってしまったのではと聞くと、ふさふさ白髪のジイさん大家は顔をしかめて首を横に振った。三十ある部屋はほぼガラガラだと言う。

「共同トイレで風呂なしなんてのは流行《はや》らない。寝られりゃいいってバンカラはいるにはいるけど、ここは立地が悪くてね。十年前までは美竹の玉川校舎でも授業があって、美竹大生が大勢借りてくれた。でも今じゃ運動部の練習場だけだからね。本校舎からはずいぶん遠いから、こんなところに住む学生はいないのさ」

それならそれで運動部員が住みそうなものだが……やはり古臭さが敬遠されるのではないか。名前も幌井荘。ぼろい下宿だ。

部屋は四畳半に裸電球、流しにガス台がひとつ。あとは押入があるだけ。シンプルで気に入った。古びた畳の匂いが貧乏臭くていい。

ここで飲み食いしたり勉強したり、そんなことをするつもりはない。眠れるだけでいい。二年生になったら合宿所に入る。必ず入る。やっかいになるのは一年弱。ならば快適さとは程遠い部屋がいい。

そう思い、その場で母さんに電話して了承を得て即決した。電話口の向こうで、まあ二万五千円！　と母さんが声をあげ、「とりあえず、四畳半に蟄居《ちっきょ》、ってわけね」と言った。即決の意気に応じてくれたのか、大家は好きな部屋を選ばせてくれた。多摩川の土手に面した南向きの部屋にした。両隣りは空き室で人気《ひとけ》のないところがいい。春の強風の日で、窓ガラスがカタカタとうるさいのが気になったけど、まあ不都合はない。

荷物は衣類だけで、布団は大型安売り家具店で買ってきた。寒くはないし、布団代も節約したいところだったが、身体を休めるのも練習のうちだと思って散財した。

鍵を捻ってドアを開け裸電球を点《つ》けると、おれを待っているのはクリーム色の布団だけ。この部屋では飲み食いしないことに決めたから、冷蔵庫も食器もちゃぶ台もない。テレビもパソコンも本もない。

いや、一冊だけ。開けっ放しの押入の上段に、冊子が立てかけてある。

『わたしから見た走水剛君』という文集。

中学三年の夏休みの特別課題だ。

高校受験に備えて忙しい盛りなのに、尚《なお》ちゃん先生こと清崎尚子《きよさきなおこ》先生はおれたちのクラスにだけ特別な宿題を出した。クラスメートの一人ひとりについて、自分が思う長所と短所を書けというもので、一人につき四百字詰《づ》め原稿用紙二枚。一クラス三十六人だから三十五人分、そしてプラス一人分の原稿を書かなければいけない。尚ちゃん先生は「一日一人分を書けば、夏休みにちょうどいい」と軽く言ったけど、これがメチャクチャにたいへんだった。

短所も指摘するというのがツラい。陸上部の幸田《こうだ》優一《ゆういち》への原稿は照れ臭くて筆が全然進まないし、話したこともない女子には何を書けばいいのか見当もつかない。「友達の顔を思い浮かべて、真剣に書け。いい加減なもの、分量の足りないものは、何度でも書き直させる！」と尚ちゃん先生は気合い満々で、おれが夏休み半ばの登校日に最初に提出したものは「心がこもってない！」とダメ出しをされた。

「山田さんとはしゃべったことがないから、よくわからない。給食当番のとき、もっと大盛りにしてください」と書いた原稿を、尚ちゃん先生は机に叩きつけて、「タケル！　おまえはバカか！」と激怒し、全部書き直しになった。特に言葉の選び方を厳しく指摘された。「田中君は、そこがすごいと思いました」の「すごい」を、もっと具体的に、田中にしかないすごさを、自分の言葉で書けと言う。尚ちゃん先生の指摘は細かくて、それに文句をつけると、「細かく友達のことを考える。それが大事なんじゃないか」と一蹴《いっしゅう》された。尚ちゃん先生がときおり話す、「いじめの本質は、無関心にある」というところに通じている。

さらに尚ちゃん先生は、「全体を通して、タケルにしか書けないようなオリジナリティが欲しいな」などと言い出した。小説家じゃあるまいし、そんな無茶なことを言われても困る。

さんざん悩んだ末、閃《ひらめ》いたアイディアが「友達の目」だった。おれには相手の目をじっと見るクセがあって、鬱陶《うっとう》しがられることがある。ガンをつけやがってと絡《から》まれることも。

せっかくだからそのクセを活かして、クラスメートの目の特徴を書いた。目の表情は十人十色《といろ》で、そのせいか筆の進みがよくなった。そうしたら「まさしく着眼点がいい」と誉められた。机に叩きつけられた原稿も、「山田さんが給食当番になって、おかずを盛りつけるときに、上目遣《うわめづか》いにちらっとこっちを見ますね。あれは『このくらいでいい?』ということでしょうか。思いやりのある上目遣いだと思います」と書き直してOKをもらった。

優一のことはこんなふうに書いた。

「いつでも目が涼しげに笑っているけど、別に笑っているわけではないんだよな。それを、優一は二年生のとき体育の宮間《みやま》に『ヘラヘラするな!』と怒られて、『ヘラヘラなんてしてません』って反論したって言っていたな。その後、なにかの式典のとき、宮間が校長に頭を下げてヘラヘラしていたとき、優一は本気で『自分こそヘラヘラするなよ』と言いに行こうとしたな。もしおれが止めなかったらどうなっていたのか。宮間はすぐに暴力をふるうし、生徒によって態度を変えるクソ野郎だから、優一は潰されていたかもしれないぞ。無鉄砲なふるまいはほどほどにしろ。もしどうしても宮間に対してなにかやるというんなら、必ずおれに声をかけてくれ」

尚ちゃんは宮間の記述に関して、直しを求めなかった。

結局、トータルで原稿用紙七十二枚を書いたことになる。よく頑張った。おれのところには、「わたしから見た走水剛君」の原稿が集まった。みなの原稿を製本し、秋の文化祭にクラスの展示物として出品したのだ。

おれはみなからどう書かれたのか。申し合わせたんじゃないかと思うくらいに共通していた。「黙っていて、雰囲気がコワイ」とか、「口元が生意気そうで、いつでも文句がありそうでイヤな感じ」とか。「スポーツ万能でまあまあのイケメンなのに、なぜ女子に嫌われるのか。よく考えてください」というのもあった。たしかに、おれの顔は鼻から上は母さんに似ているけど、口元はおやじにそっくりだと思うことがある。どうせなら全部母さん似でよかったのに。ちなみに将はほとんどが母さんに似ていて可愛《かわい》い顔をしてるけど、不思議なことに眼鏡をかけるとおやじそっくりに見える。

もちろん、「わたしから見た清崎尚子先生」もちゃんと書いた。尚ちゃん先生もおれたち全員の原稿を書いた。おれは、「先生がすぐに怒ることに関して、おれのおやじがそうだからあまり驚かないし、すぐに怒る人にもいろいろあるんだなと思いました。ただし先生とうちのおやじには共通点があって、二人とも言葉が断言調です。だけどおれは断言調が嫌いじゃありません。『タケルは長距離をやるといい』と断言してくれて、感謝しています」と書いた。尚ちゃん先生の原稿が一番早く書けた。

ちなみに、「尚ちゃん先生から見たおれ」は、こんな感じだった。

「忘れられない両親の言葉、という作文で、君はお父さんのことを書いていましたね。『損得勘定《そんとくかんじょう》で動く男になるな。みみっちいことはするな。うまく立ち回るようなことはするな』と。素晴らしいお父さんです。お父さんの言葉どおり、君は背骨がしゃんとしていていい。これからも、もっとポーンと、思いっきり、力いっぱい、走れ」

そんなようなことが書いてあった。

おれを誉めているのかおやじを誉めているのかよくわからないけど、勉強があまりできないことについて書いてないところがいい。

考えてみれば、この宿題で一番たいへんなのは尚ちゃん先生だ。全員の原稿を読んでダメ出しをするんだから。すごい情熱だ。激怒する人は情熱もある。

そんなわけで、『わたしから見た走水剛君』の冊子だけを実家から持ってきた。こっぱずかしくて、二度と読み返すことはないだろう。ときどき手作りの背表紙を見て、苦労して原稿を書いた夏を思い返すだけでいいんだ。

背表紙を見つめていると、ふうっと意識が薄れてくる。今日もよく走った。

住み始めて一週間とちょっとだけど、この瞬間が気に入っている。

寝巻代わりのTシャツに着替えると、桜の花びらが一枚、ひらひらと舞って布団に落ちた。

5

五時ちょっと前に必ず目が覚める。

家族と一緒だった高校までは朝の時間は慌ただしいだけのものだったが、一人暮らしを始めてから朝が好きになった。目覚めた瞬間に行動を起こしたくなるところがいい。暗い廊下を歩いて便所で用を足し、共同洗面所でうがいをして顔を洗い、部屋に戻って着替え、デイパックを背負って部屋を出る。起床から十分もかからない。居心地が良いとか悪いとか、そういったレベルじゃないから、とっとと部屋を飛び出すよりほかにない。

多摩川の土手に上がって軽くストレッチをする。

夜明け前の空気を吸い込むたびに身体が目覚めていく。夜の匂いと朝の匂いは違う。夜は甘かったり香ばしかったり酸っぱかったり、風に食べ物の匂いが混じっていた。朝の空気からはそれが消えていて、草木のぶわりとした匂いが漂っている。まだ暗いのに、ウォーキングをしているジイさんもいる。「おはよう!」とあいさつされるから「おはようございます！」と返事をする。身体を伸ばしているとぐうぐうと腹が鳴る。高校までは、起きて顔を洗えば温かい朝食がテーブルに用意されていた。今は朝飯前にかなり走る。

ゆっくりと多摩川土手を流し、新二子橋を渡って二十分。走ればすぐだ。

川越しに部屋を借りたのは、優一が言っていたことも頭にあった。「家は遠ければ遠いほどいい。寝坊したとき、時間の遅れを取り戻す距離があるから」と。朝はいつでも優一の顔を思い浮かべながら土手を走る。今の時期は、後方左から朝日が昇ってくる。橋を渡り切ったところがゴールで、ちょうど橋の南詰めのあたりが光り輝く。

合宿所に着くと一階の引き戸が開いている。荷物を食堂脇に置き、備えつけのウォータークーラーで冷たい水を飲んだ。最高に美味い。下宿の水道水など一滴も飲む気になれないから、約十時間ぶりの水分補給だ。軽く走った直後に初めて物を胃に入れたせいで心地よく腹が鳴る。これですっきりと用が足せる。身体を軽くして走れるから実に清々しい。

集合がかかって朝のあいさつ。監督がペースの指示を出す。

〝朝練〟は全員走だ。

朝飯前のジョギングで、部員五十二人が三列縦隊で多摩川の土手を西に走り、小田急《おだきゅう》線、南武《なんぶ》線の登戸《のぼりと》駅のあたりで折り返す。十キロを小一時間のペースだ。先頭と最後列は四年生で復路はいつでも速めになる。四年生でも、早く合宿所に戻って朝飯を腹に入れたくなるのかもしれない。

東方面へのコースも採れるのに、必ず西に向かう。復路、朝日に向かって走るようになって気分がいい。朝日に突き進むように走り切れば、その後の朝飯は最高に美味い。日光に当たるとビタミンDが体内合成されるらしく、その直後に食事をすると骨が強くなる――という。

と思っていたら、他に大きな理由があるらしい。多摩川を東に行った東横《とうよこ》線沿線に有力大学の合宿所があり、そいつらも朝練で土手を走る。やつらは西に走るから、こっちが東に進むとどこかですれ違う。こういうとき、格下チームが道を譲ることになる。それを嫌ったんだ。

今朝も身体が軽く、いい感じで脚が出る。

みなも同じようで、息を乱すやつなんて一人もいない。

服装はTシャツやらランニングシャツやらまちまちだが、まだ肌寒いからウインドブレーカーを着ている部員も多い。上着がこすれるしゃかしゃかした音だけが聞こえる。

「おーい、ペース速いよ。先頭、しっかり刻んでね。あと、一年生、肩に力が入ってる子が多いよ。今の自分のフォーム、頭の中に描いてみよう」

後ろから監督の声がする。油谷監督が赤いメガホン片手に自転車をこいでいる。朝飯前の十キロ走に監督がついてくるとは驚いた。四年生たちに任せればいいのに――と思ったけど、四年生こそ主力選手だ。主力の調子の善し悪しを決して見逃さないのが役目なのだろう。監督からすれば、早朝の十キロサイクリングということになる。

「おーい、荒熊《あらくま》。身体、左に傾いてないか。一番後ろまで下がってこいよ」

監督の声が飛び、二年生が減速しておれの脇を下がって行った。

「走り、ヘンだよ。左、力入ってないんだろ。今日はやめとこう。ゆっくり流して、先に戻ってて」

穏やかな声が聞こえる。

優しいもんだ。

入部しておれが真っ先に感じたことだ。油谷監督は三十五歳。箱根を走るチームを率いる将としては若手だ。有力大学の駅伝監督というのは強烈なキャラクターが相場だと思っていたが全然違った。高校三年のとき、修学院大を受けたいと入江薫《いりえかおる》監督に相談したとき、「油谷監督なら、きっとタケルの力を伸ばしてくれるよ」と言ったから、スパルタタイプの監督だと覚悟していた。

入江監督も穏やかなタイプだったけど、中学陸上部の恩師、尚ちゃん先生は瞬間激怒症候群とでも言うような熱い指導者だったし、そもそもおやじが怒りっぽくて呼吸をするくらいの頻度でおれに説教を繰り返した。激怒力だ。激怒力のある人間がおれは嫌いじゃない。激怒するのは頭の回転がいい証拠だし、ハートが熱い。

おれは激怒力のある人間に縁がある。それで、油谷監督は箱根駅伝二年連続シード権獲得の新進チームの将だから、超のつく熱血漢だろうと思い込んでいたんだ。

予想は外れたものの、いい監督ということはすぐにわかった。

食堂入り口脇の壁いっぱいに掲示板がある。週のはじめに、監督の訓話が貼り出される。

おれが初めて見たのは、「単調な反復練習こそ、人間を豊かにする」と題された文章だった。

おれは瞬きと呼吸を忘れるくらいに感心した。

「長距離の練習は走ることに尽きる。それは突き詰めれば、二つの脚を交互に前に出す動作だ。きちんとしたフォームを維持しながら、ひたすら脚を出す。

時に人は言う。『走るだけの単調な反復動作の、なにが面白いのか』と。

なにもわかっちゃいない。そこがいいのだ。

どんなスポーツにも反復動作のドリルがある。野球の素振り、キャッチボール。剣道の素振り、柔道の打ち込み、相撲《すもう》の四股《しこ》などなど。長距離走ならもちろん地道なランニングだ。これらの反復動作に集中していると、気持ちが落ち着いてくる。

ある高僧の言葉だ。

人間の脳は快楽を追い求める。たとえばパチンコやマージャンなどのギャンブル、携帯ゲームもそうだ。面白く、刺激が強いから、時を忘れるくらいに熱中する。快楽は中毒になりやすい。スマホを四六時中チェックするのも、メールの授受が快感となって中毒化しているためだ。現代には快楽の中毒化を促す要素が蔓延《まんえん》している。脳が危険な状態に陥《おちい》っている。

そんな脳の歪みをリセットするのが反復動作だ。

昔は、日常生活の中に反復動作がいくらでもあった。雑巾《ぞうきん》がけ、掃き掃除、薪割り、料理の下拵《したごしら》えなど。黙って手足を動かすことで、先人は気持ちを正してきたのだ。それが今では便利になり、面倒なことをしないでも済むようになった。

中毒化の危険にさらされている今こそ、人間にはスポーツが必要なのだ。

単調な反復動作にこそ宝が隠されている。そう信じて、脚を出し続けて欲しい」

同じようなことを中学で尚ちゃん先生に言われた。短距離走をやっていたおれは、尚ちゃん先生に「気持ちのギザギザが整ってくるよ」と諭《さと》され、長距離走に転向した。

「ひたすら脚を出し、一定の呼吸で走り続ける。単調な繰り返しだけど、腹が据《す》わって気持ちの散らばりが整ってくるんだよ」と。「なぜ腹が据わってくるのか」までは突き詰めなかったし、尚ちゃん先生も詳しくは教えてくれなかった。走ってみたらそのとおりだったから、それでいいと思った。

そのメカニズムを油谷監督が明確にしてくれた。第一にそれが嬉《うれ》しかった。理屈がわかり、頭の中の風通しがいっぺんによくなった。

入部のタイミングでこの文章が貼り出されたことが第二に楽しい。おれ一人に向けての贈り物のような気がして。

第三に具体的な例がいい。メールチェックが中毒だなんて考えたこともなかった。送ったメールの返事がこないとイライラする。あっちにも都合があるとはわかっていても、「早く返事しろよ」って思ってしまう。そんなイライラを、走ることが解消してくれるというのだから。

そして第四に、走ることが全面的に肯定されたようで愉快だ。油谷監督の訓話を読んだら、現代を生きる人間は走らなきゃソンだと思えてくる。

だけど少し戸惑った。監督どころか、激怒力のある人が見当たらない。四年から一年まで、だいたいさっぱりとした柔和《にゅうわ》な表情をしている。無駄のないシャープな身体つきが長距離選手の相場だけど、表情も性格も似てくるのか。その疑問の答えも、監督の訓話の中にヒントがありそうな気がしてくる。長距離走に没入していると、悟りの境地に達するのだろうか。

朝の空気の中で気持ち良く十キロを走り切り、腹筋のアイソメトリック・ドリルをこなす。腹が音を立てている。

手と顔を洗って朝食だ。

味噌汁のいい香りが食堂に満ちている。この味噌汁が飲めるだけで幸せだと思える。

一年生は先に食堂に入り、配膳の手伝いをする。

厨房は齢《よわい》六十に近い夫婦が仕切っている。おじさんのほうは現役の市民ランナーかと思えるようなスリムな体形をしているけど、対照的におばさんが鏡餅《かがみもち》のようにでっぷりしている。つまり合宿所で唯一太っている。この二人もたいていはにこにことしている。おばさんが額に汗をかきながら「慣れたかい」などと一年生に声をかける様子が、母さん方のばあちゃんに似ていて、こっちも優しい気持ちになってくる。二人が作る料理はどれも美味しい。ご飯の炊き加減がいいから飯が進む。

「ええと、誰か。ゴミ出し。ゴミ、持っていってちょうだい」

配膳で手を動かしているおれたちに、おばさんが誰に言うでもなく声をかけてきた。膝《ひざ》が悪いのか、歩きがゆったりとしている。思いつきのように一年生に用事を言いつけてくる。でもおれたちも茶を用意したり台拭きを絞ったり椅子の乱れを整えたりと忙しいから、すぐに対応できない。「誰か」と言われても、みなが知らん顔だ。相生と一瞬、目が合ったけど、すぐに視線を逸《そ》らしやがった。こき使われるのはソンだとでも思っているのか。

そういうみみっちいのがおれは嫌いだから、飯を盛った丼八個をトレイに持ちながら、おばさんの目を見て返事をした。

「そこのゴミ袋、回収所にね。通りの向こう側の。ゴミが山になってるからすぐわかるよ。

お願いね」

はい、と言っておばさんが指差したところを見れば、サンタクロースが背負うような大きなポリ袋が五つもある。おれは丼をいったんテーブルに置いて、ゴミ袋を玄関に出した。袋はどれもずしりと重く、五つを一発で運ぶのは難儀《なんぎ》そうで、二回に分けた。

食堂に戻ると、「ありがとね」とおばさんが笑った。それから「ごめん！　もう一個あった。これもお願い」とゴミ袋を指差す。おれはすぐに袋を持って食堂を出た。人使いが荒い。なんでおればかりが使いっパシリを——とちらっと思ったけど、それだけ余計に走れるからと考え直して脚を速めた。

朝食をたっぷり食べると、一日の半分が過ぎた気になる。

もちろんそうじゃない。着替えて渋谷へ出る。学生の本分、本部キャンパスでの授業だ。走って走って走って走って、その合間に本分がある。

十キロ走って朝飯をたらふく喰った後に受ける授業は、睡魔との闘いだ。大学の授業は一コマの時間が長く、闘いは厳しい。

陸上競技部員は居眠り厳禁ということになっている。監督が貼り出した訓話でもわかるとおり、精神性を高めることも練習の一環だから、居眠りなどは言語道断《ごんごどうだん》。

おれは文学部国文科で、陸上競技部同期は一人だけだった。国文科の概論の授業というのがとにかく眠い。九十分じっとして眠気と闘うのはツラい。

早く教室に入って五分でも十分でも机に伏して仮眠を取ることにしていた。そのせいで最初はクラスの連中と話す機会が少なかったけれど、すぐに友達ができた。男っぽい言葉遣いの女に話しかけられた。宮坂奈津《みやさかなつ》という。髪がさっぱりと短く、顔が丸っこい。デニムやコットンパンツばかり穿《は》いている。男っぽさが気やすく、奈津とはすぐに話すようになった。

「駅伝やってるの！　いい友達ができた。得した！」と笑った。なにが得なのか、意味がわからない。普段は静かに文庫本を読んでいるのに、口を開くととたんに騒々しくなる。

もう一人、麓和弘《ふもとかずひろ》という髭面《ひげづら》の山岳部員と仲良くなった。第二外国語におれはスペイン語を選択した。英語もろくにできないくせにスペインもポルトガルもないもんだけど、多くの部員が中国語を履修しているので（比較的、単位が取り易いらしい）、おれは天の邪鬼《あまのじゃく》だからスペイン語にした。その授業中、おれが睡魔と必死で闘っているのにぐうぐうと平気で眠るやつがいる。冬眠明けの熊のような体格で、低く唸《うな》るようないびきをかいた。それでスペイン語の女性講師が、「そこの身体の大きいセニョール。授業を聞かないなら出ていきなさい」と麓を一喝したのだった。

他にも面白いやつが大勢いる。学籍番号で区切ったクラスがあって、調子のいい男が「一人二千円ぽっきりで、顔合わせコンパをやろう！」と提案したが、もちろんおれは辞退した。陸上競技部は飲酒禁止だ。辞退はしたけど心は晴れやかだった。陸上競技部員よりも学部の連中のほうがワイルドで賑やかで個性に富んでいる。

一年のうちは同じ授業を受けることになるから、大学に行けば必ず顔を合わせる。学部の友達とはよくしゃべる。しゃべって笑う。みなが勝手なことを言って、それに同調したり批判したりして、朗《ほが》らかに笑う。話していて、脚や腰や首の筋肉に力が入らない。

練習中に口を動かすことはほとんどない。息を吸い、吐くだけだ。

土手を走ってトラックを走って走って、授業に出て友達としゃべる。

そんな感じで、おれの大学生活は進む。

6

自分のペースってなんだ。ときどきそう思う。

長距離走は個人競技。そんな雰囲気が部に漂っている。

他の大学では、団体競技の練習理論を持ち出す指導者もいるらしい。全員で高いレベルのメニューをこなせば、力の劣る選手も引き上げられて、チーム力が底上げできるという理屈だろう。

修学院大はちょっと違う。朝練では全員で多摩川土手を流すけど、微風に追い抜かれる程度のペースだ。持久力を高めるジョギングを基本にして、あとはほとんど個人メニュー。二百メートルや四百メートルを十本以上走るスピードメニューなど、各人がこなす。副務の真根が「練習で全員が顔を揃えることって、意外に少ないんだよ」と言っていた。

箱根駅伝を目指す一体感は合宿所に常にあるものの、個人の自由度が大きくて、メニュー的に束縛《そくばく》される感じが少ない。きっと野球部やサッカー部だとこうはいかないだろう。

走っているうちに、最初のイベントがやってきた。

記録会だ。

「修学院大一年・走水剛」のタイムが出た。五千メートル、14分58秒。一年生十五人の中で十三位。ここからバキバキと抜いてやる。

いつかの夕食後の自己紹介のとき、食堂を沸かせたメンバーは下位にかたまっている。タイムの速いヤツは余計なことを言わないのか。

十五位は薩摩隼人の伊地、十四位はイワカンこと岩井。芸人っぽいルックスの貫が十二位。曲木は健闘の九位だ。

一年生トップは相生だった。14分28秒の快走で先輩たちを唸らせた。フォームに躍動感があり、小さい身体が弾《はじ》けるように進んでいく。ゴムでできたスーパーボールのようだった。わくわくするような走りっぷりで、相生の姿を見ているとおれも気合いが入る。

食堂の入り口脇にある掲示板に修学院大陸上競技部の年間スケジュール表が貼り出されている。

陸上競技部の年間活動は一応は頭に入っていた。しかし手書きの大きな文字で改めて見せられると圧倒される。

〈4月〉世田谷記録会　熊本中長距離選抜大会　美竹大記録会　桃の里マラソン
　焼津《やいづ》ハーフマラソン　兵庫リレーカーニバル　武州体育大記録会
〈5月〉武州体育大記録会　関東インカレ　山中湖《やまなかこ》ロードレース
〈6月〉武州体育大記録会　全日本大学駅伝予選会
〈7月〉札幌国際ハーフマラソン　ホクレンディスタンス　一次合宿
〈8月〉二次合宿　三次合宿
〈9月〉四次合宿　日本インカレ　五次合宿　武州体育大記録会
〈10月〉出雲《いずも》駅伝　武州体育大記録会
〈11月〉全日本大学駅伝　武州体育大記録会　上尾《あげお》ハーフマラソン
　10000メートル記録挑戦会
〈12月〉武州体育大記録会　松戸《まつど》市記録会
〈1月〉東京箱根間往復大学駅伝競走
〈2月〉丸亀《まるがめ》ハーフ　神奈川ハーフ　春合宿　(大島《おおしま》)　千葉クロカン　福岡クロカン
〈3月〉日本学生ハーフ

走るために修学院大に入った。そんな実感が腹の底に湧《わ》く。この表以外にも大会はある。みなが走る。食べて眠るように当たり前のことのように思えてくる。

予定には合宿も組み込まれているけど、日程にあるイベントの間には、基本的にずっと練習で走っていることになる。

それにしても、ほとんどの大会が略称なのに、〈1月〉の箱根駅伝だけが正式名称なのがおかしい。一文字一文字の筆圧、迫力が他とは違う。

食堂に入る前、曲木とおれが表を見ていると、副務の真根がやってきた。

「これ、こうやって見ると面食らうでしょ」

真根が笑う。お洒落《しやれ》に刈り揃えた髪、くりくりとした目。鼻が高くてアイドルグループの端っこにでも居そうな優しげな笑顔だ。この顔にもどこか既知感がある。

「これ、みんながみんな、出るわけじゃない。主に一年生が出るのは『記録会』だから」

「せやけど、今年の箱根、ウチは一年生が4区を走ったやないですか。そういう選手は大会に出るでしょ」

二年生の伊香内孝典《いかないたかのり》。テレビで観戦していて、「一年で箱根に出られるのか」と感心した。〝いかない〟という名前に反して、区間五位の好走を見せ、修学院大のシード権獲得に貢献《こうけん》した。

「いい質問だね」と満足げに真根がうなずく。

「一年生でも力があれば、ここにあるような全国各地のレースに出てもらう」

「記録上位者が出るんですね」

「それもあるけど、ちょっと違う。誰がどのレースに参戦するのかは、あぶさん……監督さんが決める。監督さんは部員のことをよーく見てるんだよ。記録だけじゃなく、適性を見極めて、レースに出す」

今の会話で、監督のあだ名がわかった。油谷だからあぶさんだ。

「長距離走って、走るだけの単調な練習だと思いがちでしょ。うちは違う。レースに出ることが決まれば目標が定まり、具体的な練習のプランが決まる。つまり一年生から、個人的なメニューをどんどんやるんだよ。これから実感すると思うけれど、本当に一年はあっという間だから。四年間もあっという間だよ」

曲木がおれを見た。目が合い、微《かす》かにうなずいた。

「真根さんは何でも知ってるいう話やけど。なんで二年生なのに『四年間はあっという間』なんて断言できるんでっか」

曲木が問うと、真根は「ははは」と爽《さわ》やかに笑った。お手本どおりの笑い方をする。

「実はわたし、こう見えても歳を食っててね。三十近いんだ。いったん就職したけど、箱根駅伝をやりたくて修学院に入ったんだよ」

え！　と曲木が声をあげた。

自分のことを「わたし」なんて言うし、たしかに立ち居振る舞いは群を抜いて落ち着いているが……とても三十には見えない。

「冗談冗談。本当は二十歳。四歳上の兄がいてね。ウチのOB。なかなか箱根を走れない時期に頑張ってた。兄が一年生のときに、あぶ、いや監督さんが就任したんだよ」

「そういうことなら合点《がてん》が行きます。お兄さんにいろいろと聞いたわけですね」

真根が二度うなずいた。

うなずく真根の顔を見たとき、さっきの既知感の正体がわかった。学校の先生に似ている。新任の若い先生。フレッシュでやる気満々で、痛々しいまでにニコニコしている先生。

「ははは」と教科書どおりに笑う先生。わからないことなどないと胸を張っている。でもどこか気負っている。真根先生と呼ぶことにしよう。〝真根セン〟だ。

「一年生にとって、最初の箱根はすぐにやってくるよ。もう、あっという間。あれやこれやで夏の合宿シーズンが過ぎて、十月の出雲駅伝、十一月の全日本大学駅伝がある。ここに箱根を加えて〝学生三大駅伝〟と言うわけだけど、どうしたって箱根がメーンだね。『駅伝選手の秋はつるべ落とし』って言ってね。九月から十二月まで、ラストスパートのようなスピードで過ぎるんだよ。一年生が四年生の名前を覚えるころには四年生は引退しちゃう。そのくらい早い」

おれは内心でひとつうなずいた。いろいろな大会があるけど、唯一無二の目標は箱根駅伝なんだ。

「せっかくやから、いろいろ聞きますわ。あぶさん、合宿所に住み込みなんでしょ。けっこうな男前やけど」

今度はおれが笑った。曲木のとぼけた間がいい。真根センも笑っている。

「三十五歳独身。いわゆるバツイチだね」

「さすがの真根さんも、離婚の原因まではわからへんのとちゃいます」

真根センは自信満々に笑った。もちろんわかる、という顔だ。

「原因は新聞の集金なんだ」

「新聞の集金?」

「集金がいつきてもいいように、元奥さんは新聞代金を封筒に入れて玄関の壁に貼っておいた。いいアイディアだよね。で、あぶさんが家にいるとき集金がきた。三千二百六十円だ。封筒の中身を出すと千円札が三枚だけ。二百六十円足りない。間が悪いことにあぶさんの財布には一万円札しかない。それを出して、普通に釣りをもらったわけだ」

おれたちは黙って真根センの話を聞いた。新聞の集金と離婚。どんな関係があるのか。

「奥さんが帰宅し、あぶさんは苦言《くげん》を呈《てい》した。封筒を壁に貼る意味がないだろうってね。多めならばいざしらず、金額が足りないのでは意味がない。不足分を財布から出さなきゃいけない。結局はバタバタすることになるからね」

「ほんで、ケンカになったんですか」

真根センがうなずいた。

「まさか、それで」

さらに深く真根センはうなずく。

「そんなアホな。それくらいで」

「きっかけにすぎないのか、はたまたコップいっぱいの水を溢れさせた最後のコインなのか。本人同士にしかわからないことだろう」

「そういう人なんですか」

おれは思わず聞いてしまった。

ん？　という顔を真根センがする。

「たった二百六十円の差で、奥さんを追い詰める。器の小さい人なんですか」

「小さくはない。あぶさんは、奥さんのいい加減さが我慢できなくなった。やるんならきちんとやって欲しい。でも奥さんは気にしなかった。ちなみに、翌月も封筒には三千円しか入ってなかったそうだ。話を聞いていないのか、あえて無視したのか。そんなことで溝が深まっていったんじゃないかな」

「見かけによらずキレやすいんですかね。見切りが早いっちゅうか。見込みのない選手を簡単に切るみたいで」

「そんなことはない。あぶさんほど面倒見のいい監督も珍しいよ。面倒見のよさは部全体に対して発揮《はっき》されるけど、特に、うちは一般生や長距離未経験者を大事に育ててるんだ」

「定評があるんですね」

「そういうのを定評にしたいよね」

「あったかい部ですね」

「それはいいけど、温泉みたいにくつろぐわけじゃないから、ぬるま湯じゃだめなんだよね」

だから合宿所の風呂の湯はとびきり熱いのか、と思っていると、当のあぶさんが階段を降りてきた。真根センは言葉を呑み込み、笑顔でうなずいた。

「ということで、単調に見える生活も、案外変化がある。フレッシュな気持ちを忘れないことが大切。頑張ってくれよ」

話題を切り換えた真根センはあぶさんと連れ立って食堂に入っていった。

「あの人の話、メチャ面白《おもろ》いな。もっと聞きたいで」

「話好きの先生みたいだな。あだ名は真根センだ」

「ほんま、先生みたいや」

「合宿所だと今みたいに邪魔が入るから、今度学校で聞こうよ。真根セン、おれの学科の先輩だし。どの教室で授業を受けるのか、わかるから、待ち構えてさ」

真根センも文学部国文科。曲木は経営学部だ。

「あの人、教員免許を取るんやろうな。指導者になるのかもしれん。あぶさんに寄り添っとるのは研修みたいなもんなんやな」

ちなみに、部員の多くは経済、経営、商学部で、女子を除けば文学部は極少数《ごく》だ。なぜ国文を受けたのかというと、やはりおやじの影響だろう。おやじとの会話は常に真剣勝負で、理屈が通っていなかったり、言葉遣いが適切でなかったりするときびしく指摘される。そういうことを小学生のときからずっとやっているから、国語の試験問題は得意だった。接続詞の穴埋めでも要約の選択でも指示語問題でも、理屈がわかれば解ける。試験の成績がよくなれば得意科目になるから、もっと勉強をしてみようと思う。それで国文に入った。

ただ、中学、高校と「タケルは理屈っぽい」「ヘリクツ野郎」とよく言われてきた。思ったことを言うだけで、頭で理屈を組み立てているわけじゃない。もし周囲の指摘が正しいのなら、おやじの悪影響としか考えようがない。

国文科っぽく漱石《そうせき》の名作に即して言えば、

「親譲りの屈理屈で子供の時から損ばかりしている」

ってところか。

7

走ることを理屈っぽく言えば「速く移動する」。

おれはかなり速く移動している。ひと月前と自分の立ち位置が全然違う。大学の生活に慣れ切った。上級生の顔と名前も頭に入った。

新緑の輝く季節。多摩川土手に吹くのは南風、薫風《くんぷう》だ。

生活スタイルはシンプルだ。

「朝起きて、合宿所へ走り、みなで土手を走って、朝飯食べて、授業を受け、練習場のトラックを走って、筋トレして、夕飯食べて、土手を歩いて帰って、寝る」

小学生の作文のようだけど、毎日こんな感じだ。

朝の多摩川土手を、練習場のトラックを走りながら、「もう入り口にはいない」と思う。

練習やレースに似ている。スタートに立つまではおれのような男でも不安になるものだけど、走り始めれば気持ちが熱くなり、脚を出すことに集中できる。大学生活もスタートしてしまえば余計なことを考える暇がない。

忙しく流されているだけでなく、立ち止まって開眼したこともある。

トラック走を終え、屈伸運動をしていると、あぶさんがすっと近寄ってきた。

「クールダウンはそんなに動かないでいい。リラックスして、じっとしてる。口は動かしても身体はあまり動かさない。一方、ウォームアップはどんどん動かす。落ち着きのない子どものようにね。いろいろと揺らしながらストレッチをするんだよ」

おれは返事をして、身体の動きを止めて左右のヒラメ筋を伸ばした。

「タイム、なかなか伸びてこないだろ」

返事をするしかない。あぶさんがうなずいている。

「脚のパワーで走ってるよ。それも大事なんだけど、距離が長くなるとどうしても疲れる。脚で進むんじゃなくて、腰で進む感じ。マラソンのトップランナーを見てごらん。ムダな上下運動がなくて、腰が安定して同じ高さですっと移動するだろ」

ありがとうございます、とおれは頭を下げた。

それからあぶさんは、近くで脚を伸ばしていた曲木、貫、岩井、伊地を呼びつけた。おれを含め、タイムの良くない五人だ。

「一番大事なのはジョギング。距離を走ることだ。持久力ががっちりついてくる。やればやっただけ力がつく。ばかにしがちだけど、ジョギングこそ長距離練習の王様なんだ」

あぶさんはそう言って、自分で何度もうなずいた。

「ところで、君たちは英語は得意か？」

おれたちは誰一人返事をしなかった。得意どころか大の苦手だ。この世に英語さえなければ、と思ったことは一度や二度ではない。

「実はおれもさっぱりだった。それで、英単語を地道に暗記したんだ。毎日少しずつね。するとあるとき突然、英文がわかるようになった。嬉しくなって英語が得意になった。あれは不思議な体験だったよ。ジョギングはそれに似てる。タイムを出したいのにジョギングに時間を使うなんて、と思ってしまうけど、ジョギングが基本中の基本なんだよ。持久力強化は自信にもつながる。ジョギングに時間を使わず、スピード練習ばかりやって、大崩れしてしまったランナーはたくさんいる」

ちらっと、あぶさんはトラックを走る上級生たちに目をやった。

「もし君たちが劣等感を持っているとしたら、ジョギングに時間を使うことがタイム短縮への一番の近道だ。腰を据えて、焦らず、やってごらん」

優しい物言いには、素直な返事が出る。これが箱根駅伝を目指す大学陸上競技部監督の言葉なんだ。

おれの乏《とぼ》しい経験からすると、進学するにしたがって指導者の言葉が優しくなる。小学校はすぐにキレるオッサン担任で、中学が男勝りの尚ちゃん先生、高校が入江監督、大学があぶさん。どんどんマイルドになっていく。普通は逆じゃないのか。

他の一年生がこっちを見ている。監督からじかにアドバイスを受ける感激よりはむしろ、腑甲斐《ふがい》なさが腹に灯《とも》った。見るに見かねて、ってことなのかもしれない。英単語のたとえも中高生向きで、大学生レベルとは言えないような。

あぶさんを囲んでいた輪が崩れ、四人が遠ざかった。するとあぶさんは忘れ物をしたときのようにもう一度おれのほうを向いた。

「大化けする」

そう言う。え？　と聞き返すと、あぶさんがうなずく。

「入江さんがそう言ってた。走水は大化けするってな」

母校の入江監督とあぶさんはともに美竹大の出身で、入江監督が三年のときあぶさんは一年だったらしい。

「細かく指導しなかった——って。誤解するな。入江さんは放任したわけじゃない。高校生までは、きびしい練習メニューをやらせて鍛え上げれば、比較的すぐに結果が出る。レースの駆け引きといったテクニックはすぐに身につく。入江さんはそういうことをやらないんだ。おれも同じ考えでね。大学生くらいにならないと長距離走の本質はわからない。距離によってどのくらいのペースで走るか、それにはどういう練習を組み立てていくか。長距離走には考える力、成熟した発想が必要なんだよ」

入江監督のひょうひょうとした顔を久しぶりに思い出した。もちろんフォームやタイム目標など、基本的な指導は受けたけどうるさく言われたわけではない。好き勝手にやらせてもらった。自分にブレーキをかけず、ただがむしゃらに走った。

「だから今、タイムが悪くても気落ちするな。要するに箱根にピークを持ってくればいいんだから」

おれが返事をしようとすると、あぶさんはニヤリと笑って首を横に振った。

「いや。走水の場合はもっと後か。オリンピックだもんな、目標は」

水色のウインドブレーカーが背を向けた。


腰を安定させるには骨盤まわりを柔らかくすることだ――という。

だから腰まわりのウォームアップ法を真根センに教えてもらい、朝練の前に必ずやるようにした。リラックスして腰を前に出し、右に五回、左に五回、まわす。膝を少し曲げて、身体を揺らしながら。アキレス腱《けん》を伸ばすポーズのときにも、あくまで腰をメーンにして揺すり続ける。これをやるだけでラクに走れる――と教わったわけだけど、スムースに走れるという実感はまだ湧いてこない。それでも、腰はずいぶんと気持ち良くなった。

特に、脚のパワーだけで走っているという指摘にはハッとさせられた。脚にパワーさえつければいいと思ってきたから。

そしてジョギングが愉快になってきた。

これまで何万キロとジョギングをやってきたのに、あぶさんのアドバイスのおかげで新鮮な気持ちで脚を出せる。ジョギングの大事さを再認識するあたり、おれはまだ入り口に立っているのかもしれない。

ただし、入り口にいる者同士で交わされる言葉はそれほど温かくない。

朝食を終えて練習着を脱ぎ、それぞれポロシャツやTシャツなどに着替えて渋谷へ出る。本部キャンパスに行くときには、ジャージ類の着用は一切禁止。さっぱりとした格好で授業に臨むルールだ。おれはデニムにブルーのポロシャツで合宿所を出た。

一年生が揃って同じ電車に乗り込む。無駄話をする相手は決まっていて、おれは曲木、岩井、貫、伊地と一緒になる。でも十五人はなんとなく固まっているから、他の連中の話が聞こえてくる。

「……だから、それって無駄じゃないんだって。高い足場を歩くとき、足跡以外のスペースは使ってないだろ。でも足跡の部分しかなかったら、怖くて渡れないじゃん。他のスペースは無駄じゃなくて、役立ってるんだよ」

「そりゃそうだろうけどさ。でも駅伝は別じゃね？　全員がいいタイムを持ってりゃ、代表の十人は選《え》りすぐりってことになるし」

田中と栗上が話している。ちなみに田中と栗上は長距離選手では珍しく共に色が白く、表情ものっぺりしている。豆腐のようだ。肌がつるりとしている田中が〝絹〟で、少しあばた面の栗上が〝木綿《もめん》〟。豆腐コンビだ。

曲木が唇を結んで眉を寄せ、やつらの話に聞き耳を立てている。

「そうでもない。2・6・2の法則ってあるじゃん。1・3・1とも言うけど。どんな集団でも、〝上位・中位・下位〟の比率がそれに近づくって。たとえば偏差値の高い高校は入学時にはみんな優秀なんだろうけど、その中で落ちこぼれるやつが必ず出てくる」

「美竹大みたいに、全国から強い選手を集めても、それが〝上位・中位・下位〟にわかれる、ってことか」

「だから、美竹大にも一般入試組とか、無名校のやつとかが入れるんだ」

「それって、ハナから下位候補ってことじゃないかよ」

「あえてそういうのを入れる。優秀な選手から落ちこぼれを出さないためだ」

「それって、マジかよ」

「企業の採用だってそうだ。明らかに能力の劣るヤツが大きな会社に入ることがある。コネとかもあるんだろうけど、最初から下位集団なんだ。幹部候補生の逆だ」

話を聞いていた曲木が小さく舌打ちした。

「なんや、あいつら。ナメたことを言っとるで」

小声でそう言う。岩井と貫と伊地は目でうなずいているが、おれは首を傾げてみせた。

ナメたことのようには聞こえない。

「あいつら、持ちタイムではトップ組やんか。まさに一年生集団の上位二十パーセント以内におるわけや。それでオレらをばかにしとる」

「考えすぎじゃないか」

「言うたら、タケルがばかにされとるんやで。タイム、陸上経験者の中で最下位やんか。無名校出身やし」

「おまえがおれをばかにしてるんじゃないか」

「しとらん。タケルはにぶいから、教えたったんや。見返したれっちゅうこっちゃ」

小声で話していると、田中と栗上の話の様子が変わった。

「それって詭弁《きべん》だぜ。つまらん話だ」

岩井が二人の間に入った。

「詭弁？　どこが？」

「集団で試験やタイムを競えば、当然順位がつく。それを君の言うように2・6・2で無理やり線引きしただけじゃないか」

「いや、そうじゃないんだ。目に見える順位基準がなくても、集団って自然とそういうふうに落ちつくってこと」

「聞いてて、なんかムカついちゃってさ」

「だったらごめん。おれのおじさんが会社の人事部にいるんだ。それで、そんな話を聞いたから。間違ったことじゃないと思うよ」
「下位の二十パーセントが、上位の踏み台になるってのが、なんかムカつくんだよな」
「下位が頑張れば万万歳ってことだよ。どっちにしても企業は損をしない。実際にそうやって採用してるんだ。駅伝チームを営利企業に見立ててみれば、面白い考察だと思うけどな」

田中も栗上も岩井も口調が穏やかなので言い争いには聞こえない。ただ、曲木が余計なことを言ったおかげで、「おれは下位候補生か」と胸がちくりとした。

思い当たることがいくつかある。

合宿所の厨房のゴミ出しも、いつの間にかおれの仕事になってしまった。すぐにおれが引き受けるからか、おばさんもおれの顔ばかりを探すようになり、目が合うと嬉しそうに笑う。期待に応えて素早く用を片づける。損だとは思わない。ただ、もし優一がいたら、必ず手伝ってくれる。おれも優一もそういうところが似ている。ここにいる同期の連中は、優一には遠く及ばない。ただそう思うだけだ。

だけど。田中や栗上が、おれのことを「ゴミ出しは下位候補生にやらせとけ」と思っているとしたら……。二人の豆腐顔にゴミをぶちまけたくなるかな。

8

上位だの下位だのと、小賢《こざか》しいことを言うやつらのタイムを抜いちまえばいい。

そんな気合いで臨んだ五月の記録会。前月に続き、体育の名門・武州体育大のグラウンドで行なわれる。各大学の選手が勢揃いしていて、薫風の空の下が花畑のようなカラフルさだった。

文英大の赤いユニフォームの集団の中から、おかっぱ風の髪の背の高い男が歩いてくる。右手を挙げて近づいてくるけど、目つきが冷たくて顔が辛気臭い。

「ちゃんとやってるのか」

群馬の中学で一緒だった時崎太郎《ときさきたろう》だ。なんだか、襷《たすき》の代わりに木の枝を差し出してくるような無愛想さだ。太郎を見た母さんが「あの子、スナフキンに似てるわね」と言った。昔のアニメに出てくるキャラらしい。おれは全然知らなかったけど、それを中学の同級生、鮎川美貴《あゆかわみき》に言うと、どこからかイラストを手に入れておれたちに見せた。優一はゲラゲラと笑っていた。太郎も苦笑した。確かに冷めたような目が似ている。

太郎は見た目どおりに勉強ができ、地域の最難関、崎岡高に通っていた。

太郎は文英大に入った。学業でも駅伝でも名門だ。全国から好記録を持った高校生が集まるから、太郎くらいの実績ではスポーツ推薦では入れない。受験して難関をパスしたと聞いていた。特に連絡を取り合うようなこともなく、自分たちの事情を交換しあったわけじゃない。進んだ大学くらいは風の便りで耳に入っていたけど。

太郎はいつもの冷めた目でおれを見る。その目が、穏やかに笑った。

「修学院、評判いいじゃないか。▲《単穴》だ」

「なんだ、そりゃ」

「競馬の予想記号だよ。ダークホースだ」

「文英はどうなんだ」

「もちろん◎《本命》さ」

「本命は美竹だろ」

文英大と美竹大が次の箱根駅伝では二強と言われている。

今年の箱根駅伝でシード権獲得校の順位は、
①美竹大 ②文英大 ③武州体育大 ④豊島岡大 ⑤金杉大 ⑥竜岡大 ⑦総恵大
⑧指ケ谷大 ⑨橙《だいだい》学園大 ⑩修学院大
だった。

「うちが勝つって自然に思える。層も厚いし、練習もすごい。……タケル、合宿所に入ってないんだって？」

「よく知ってるな」

「尚ちゃん先生からメールもらった。頑張れよ。一夏で劇的に変わるっていうから、メチャクチャ頑張って一年から箱根走れよ」

経路はすぐにわかる。母さんと尚ちゃん先生は仲がいいから。

「太郎はどうなんだ。層が厚いって、最初から言い訳してるように聞こえるぜ」

ジャブにはジャブを返す。ストレートパンチがくれば強烈なカウンターを繰り出す。おれと太郎の会話はいつでもこんな具合になってしまう。

太郎は目をつぶって首を横に振った。珍しく弱気な仕草だ。

「焦らずやるさ。勝算はある。だけどタケルは急げ。おまえみたいな無計画の無鉄砲は、長いスパンで計画を実行するなんて真似はできない。早く勝負を決めろ」

太郎を睨《にら》みつけた。なんで太郎ごときにおれの性格を云々《うんぬん》されなきゃならない。でも目の力が弱くなってしまう。太郎の毒舌は中学から変わらず、懐かしくて。

「早くしろよ」

太郎が手を挙げて背中を向けた。

おれと太郎と優一。中学の陸上部で仲のよかった三人だ。太郎は崎岡高校に進み、おれと優一は上州南陵高へ行った。

よし、と気合いを入れた。

太郎のほうから寄ってきただけでも上等だ。おれは身体を揺らしながらウォームアップを始めた。

五千メートルは参加人数が多く、二十名でスタートする。このへんが箱根駅伝に似てる。登録順に走るから、修学院大はわざと登録をばらけさせた。知った顔ばかりと一緒に走らない工夫だ。一緒の組には有力大学のユニフォームもあるけど、まったく気にせず、自分のユニフォームのターコイズブルーを見つめて気持ちを高めた。トラックの上の青空と同じ色だ。

スタートした。四百メートルトラックを十二周半。スタート地点に渦巻いていた緊張が一瞬で弾ける。

集団の中位につけた。

腰で走れ、と念じながら脚を出す。トラックを走るときの視線は少し内側に置く。トラック内のサッカーゴールや砂場など、動かないものを見る。前の選手の頭や背中などに視線を置くと自分の走りがブレるような気がする。動かないものでも遠景ではあごが上がってしまう。武州体育大のトラック内では他競技の記録会が行なわれている。おれは棒高跳びの高いバーに視線を定めた。

走るときになにを考えるか。

「トラックや周回コースだと気持ちも単調になりがちだ。なにを考えて走るか。案外重要なことなんだよ」

高校の入江監督は言った。

「誰のために走るか、と問われれば、たいていは自分のためって答える。間違っちゃいないけど、その考え方には落し穴があってな。自分が諦めてしまうと、それ以上強くは走れなくなってしまう」

調子の悪いとき、脚が出ない理由を自分でひねり出してしまう。今日は少し風邪気味だとか、睡眠不足だとか。そう思っているときの自分はイヤだ。

「ではどうするか。自分以外の人のために走る。自分をここまで支えてくれた人のために。今、ここで走っていることに感謝しながら」

毎回、それを実践するんだけど、なんかいつでもおやじのことを考えてしまうんだ。おやじの不機嫌ヅラを思えば、気持ちも締まるってもんだけど。

中学二年の夏まで、おれは神奈川県横須賀市のマンションに住んでいた。おやじの先祖が観音崎《かんのんざき》にある走水神社に関わりがあるらしく、親戚の家も近くにある。

小学校の半ばくらいからおやじと衝突ばかりしていた。おれは将棋ができない。わざと覚えなかった。幼いころ、おやじに将棋を教えられたものの、高圧的な態度がイヤで逃げ出した。裸足で玄関から飛び出すと、おやじも裸足で追いかけてきた。おれは全力で走り、逃げ切った。

おやじは決して諦めなかったから、おれは何度も逃げた。でも寝起きする場所は一緒だから逃げてばかりもいられず、腹を括《くく》って将棋盤の前に座った。駒の動かし方くらいはすぐに覚えたが、おやじを呆れさせる作戦に出た。六枚落ち、という手合いで指したとき、「おれの勝ちだ」と角でおやじの王さまをかっさらってやった。あえて角の筋を間違えたのだ。不当に王さまをもぎ取られたおやじは目と鼻の穴を真ん丸にして呆れた。その後も金を斜めに引いたり、玉を攻め駒に使ったりしておやじを呆れさせ続け、「将棋を冒瀆《ぼうとく》している。二度と駒に触るな」とついに匙《さじ》を投げさせた。

おやじから必死で逃げる自分の姿を思い出した。

左回りの最初のコーナーを過ぎ、カーブを走り抜けて再びコーナーを曲がる。トラックの長辺に入って走る方角が逆転したときにも視線の目標を決める。走り幅跳びの砂場が見えた。あと十一周の視線の固定箇所が決まった。

よし、と思った瞬間、目前の気配が一変した。

「ああっ」と声がしてネイビーブルーのユニフォームが沈んだ。転倒だ。足がもつれたのか。巻き込まれそうになって思わず足を止め、「だいじょうぶか」と声をかけ、うずくまるネイビーの上体を起こした。「だいじょうぶです」とネイビーが立ち上がった。

おれはすぐに走りだした。

一秒だけ、今の行動を振り返った。走者が転倒者を助けることなどありえない——。でも身体が勝手に動いてしまった。動いてしまったものは仕方がない。目の前で人が倒れたら手を差しのべる。理屈もヘチマもない。

しかし、集団は五十メートル先に行ってしまった。「勝負の最中に、決して後悔や反省をしてはいけない」というおやじの言葉が浮かび、おれは脚を出し続けた。

記録は15分25秒、二十位。

走り終えてじっと脚を伸ばしていると名前を呼ばれた。トラック脇で真根センが手招きしている。あぶさんも同行しているけど、どこにいるのかわからない。

「あぶさんからの伝言」

真根センはいつもの笑顔で言った。

「転倒した走者を助けるのは他の走者の役目じゃない」

予想どおりの指摘に、はいと返事をした。

「あまりにばかばかしい話だけど、一年生だから、一応アドバイスをしておいた。以上」

真根センが鼻で笑った。

「以上」という言い方が——すげぇムカつく。

そう思った瞬間、両脚に集まっていた血が急激に頭に上がってきた。

「ガキの使いかよ」

出た。

いつもの暴言が出ちゃった。

真根センが目を丸くしておれを見つめている。

「真根さんはどう思うんですか。おれのこと、ばかだと思うのか」

「なんだい、その口の利き方は。言葉に気をつけたほうがいい」

「どう思うんですか。聞かせてください」

うん、と真根センがうなずく。

「わたしは……正直、呆れた。あんなの初めて見た。いや、一度だけ見た。幼稚園の運動会で、転んだ園児を助けた女の子がいた。父兄は拍手していたっけ。微笑ましい場面だった。幼稚園児には、そもそも競走してるって意識がなかったんだろうけどね」

「おれは幼稚園児と同じ、ってことですか」

「そうだよ」

「なに！」

「質問に答えただけだ」

いつの間にか、曲木、岩井、貫、伊地が寄ってきている。

「タケル、なにやっとるんや」

曲木が言う。しかし険悪な空気を察したのか、すぐに言葉が止まった。

「記録会は幼稚園の運動会じゃない。君は修学院大のユニフォームを着ているんだぞ。恥ずかしくて顔から火を噴きそうになったよ。この話、これで終わり。時間を使うレベルじゃない」

真根センはくるりと背を向けて逃げるように去った。

四人の顔に「?」マークがついていたから、今のやりとりを簡単に話した。

「アホ!」

曲木が叫んだ。

「それはアカンやろ。真根センに落ち度はないで。すぐ、謝りに行けや」

おれは首を横に振った。あぶさんの伝言をばかにした様子で伝えられたことに腹が立った。真根センが自分の意見をぶつけてきたのなら、暴言は吐いていない。たぶん。

「いや、いいさ。出ちまったものは仕方ない」

岩井が言った。

「苦言のタイミングも悪いよ。走り終わった直後だろ。アドレナリンが全身を巡ってるときにさ。クールダウンが終わるまで待つべきだ。真根センもまだ若いな」

貫がそう言う。おれは息を吐いた。

「せやけど、助けたやつに抜かされたのは情けないんちゃうの？」

そのとおりだ。思わず笑うと、四人も笑った。

よく見ると笑ってないやつがいる。もう一人、違うユニフォームが輪の中にいる。

太郎が、曲木と岩井の間を割って、おれの前に立った。

「バカ！」

いきなり、言葉を投げつけてくる。

「バカか、おまえは。みんな笑ってたぜ。同郷として恥ずかしかった。修学院大のみんなも恥かいたんだぞ。ユニフォームを着てるんだから、バカもほどほどにしてくれ」

「それをわざわざ言いにきたのか」

「身体が勝手に動いたとか言うんだろう。箱根駅伝のルールにもあるじゃないか。助けられた走者は即失格なんだぞ」

「それは監督が手を貸した場合だ。走者が走者を助けて悪いとはどこにも書いてない」

呆れたぜ、と太郎はつぶやいた。

「太郎、人のことより、自分のことを考えろよ。そろそろ出番だろう」

「だから来たんだ。ひとこと言わなきゃ、怒りと呆れが収まらないからな。このこと、尚ちゃん先生に報告しとくぞ」

さんざん悪態をついて、最後はニヤリと笑う。それでおれのムカつきもどこかへ消えてしまう。クールな顔立ちをしているくせに、あれこれと介入してくる。

曲木、岩井、貫、伊地の四人は、黙っておれと太郎のやりとりを聞いている。このややこしい情況で、太郎をみなに紹介しようかどうか迷ってしまった。案の定、太郎は自己紹介もせずにすっと走り去った。

するとと入れ違いのようにネイビーブルーのユニフォームが走ってきた。

転んだ男だ。

「すみませんでした」

最敬礼する。横須賀国際大一年の浦沢《うらさわ》と名乗った。中学までおれが住んでいた地元の名門、ヨココクだ。おれも名乗ると、「え？　一年生なの」と驚いた顔をする。浦沢は急に表情をゆるめて言葉を上擦《うわず》らせた。

「ありがとう。嬉しかった。それで胸が熱くなって、君を抜くことができたんだよ。記録、ひどかっただろう。おれのせいだよ。ごめんな」

曲木たちも自己紹介した。こっちのほうはスムースに事が運ぶ。互いに頑張ろうね、と言い合って浦沢が爽やかに背を向けた。

「感謝されて、良かったな。タイムの心配までされちゃったぜ」

皮肉交じりに岩井が言う。

「助けてもらったのなら、礼を言うのが筋だ」

おれは言った。

「で？　なんや人の出入りが慌ただしかったけど、この件、タケルは反省しとるの？」

まったくしてない。

真根センに幼稚園児扱いされてますます反省する気が失《う》せた。

「よし。レース中だろうとなんだろうと、目の前に転んだ人がいれば助ける。今、決めた」

「箱根駅伝でもか？」

オリンピックでもだ、と答えると、四人は天を仰《あお》いで笑った。

「それ、オリンピックでやったら、世界中にタケルのアホぶりが広がるで。世界一のアホや」

おれも大笑いに加わった。

「タケルみたいなヘリクツ野郎、今どき珍しくね？　ガンコでヘリクツ。無反省。特に運動部には見当たらない。運動部員って基本的には従順だろ。素直に指示に従っていればいい。そのほうがラクだ。ガンコもヘリクツも必要ないんだ。好きだなあ、タケルみたいなキャラ」

貫が愛敬のある顔で嬉しそうに言うから、おれの気持ちもようやくほぐれてきた。

「ほな、世界一のアホになるために、特別メニューを作らな。目の前の転倒者をいかに素早く助けてレースに戻るか。タイムロスを最小におさえるにはかなり高度な技術がいるで。そやろ？」

曲木が腰を落として転倒者を助け、そいつの肩を叩いて笑顔で見送り、「あ、オレもレース中やった」と気付いてあわててダッシュする――そんな仕草を見せた。大口を開けて笑った。さっきまでの不愉快がうそのように消えている。

9

高校時代を過ごした南上州の夏は猛暑だったけど、車で三十分も北上すれば高原だ。避暑地の麓にいるようなものだった。

だから夏合宿で信州《しんしゅう》に行くのが大仰《おおぎょう》に思える。修学院大は部員数の多い強豪校のようにAチームBチームなどのクラス分けはせず、みなが同じ宿舎に泊まる。全員の走りを見たいという監督の意向が強い。

夏の奥信濃の朝晩は涼しい。

七月後半から八月のスケジュールを確認すると三回の合宿がある。次の合宿先までそのまま移動する。八月は二、三日しか下宿に帰らないから家賃のムダだ。多摩川土手沿いの四畳半の夏はものすごい暑さで、窓を開けると蚊が大群で入ってくるせいで蚊取線香の煙の中で眠るはめになる。ただし、どんなに暑くて不快でもぐっすりと眠れる。

おれたちが訪れた奥信濃の道は起伏に富んでいて、朝は車の往来が少ない。温泉施設もところどころにあり、走り込み後のケアを行なうのにも優れている。有力校が好んで合宿を張るようだ。

走っていると、他校の集団とかち合うことがある。

朝飯前、軽くジョギングして宿舎へ戻る。折り返し地点に「道の駅」があり、トイレや水道が使えるのがいい。

夏合宿の正装はターコイズブルーのTシャツ。汗がすぐに蒸発して長時間心地よく走れる素材で、特に大学名は書いてないけど、これが五十人近くの集団で走るとたしかにドラえもん軍団に見えるだろう。

午前六時の道の駅駐車場は広々としている。そこに先客がいた。オレンジ色が三十人くらいでひと塊《かたまり》になってストレッチをしている。こういうところでは駐車場にも即売ブースが出たりするから、早朝から夏みかんでも売っているのかと見間違えた。

「橙大や」

曲木が言った。発音が「ダァイ・ダァイ・ダァイ」とのっそり弾むようでおかしい。

橙学園大。今年の箱根では修学院大のひとつ上、九位だった。

軽トラからあぶさんと真根センが降りてきた。多摩川土手では自転車追走だが、公道を集団で走るときにはハザードやウィンカーを点けられる軽トラで先導する。交差点まで先入りして車の進入の有無などに注意を払い、車が来るときには真根センがメガホンで注意を促す。おれたちが走りに没頭できるように汗をかいてくれている。

五分休憩になった。おれは諸手《もろて》を空に掲げて背伸びをした。信濃の早朝は緑の香りが濃く、身体がよく動く。

オレンジ軍団から、スポーツサングラスに白いキャップの痩せた男が歩いてくる。

「おう、あぶ」

そう言って口元をゆるめている。オレンジ軍団を背に、こっちを向いていたあぶさんの顔が険しくなった。急に腹具合でも悪くなったのか。普段は穏やかな表情を崩さないから、おれは思わずあぶさんの顔を凝視した。

「ドラえもん軍団、調子よさそうじゃないか」

あぶさんは軽く頭を振って表情を解《ほぐ》し、振り返った。

「なんだ、水野《みずの》のところはずいぶん頭数が少ないな。オレンジの叩き売りをやりすぎて早くもけが人続出か」

がははは、と白キャップが大げさに笑った。

橙大の水野修平《しゅうへい》監督。名前くらいはおれでも知っている。

強豪の美竹大優勝時のキャプテンで、あぶさんと同期だ。確か、四年時の箱根では2区があぶさんで3区が水野監督だった。襷を託した仲間ってわけだ。

「うちは二チーム制なもんでさ。一年も含めて調子がいいんで、涙を呑んで線引きした。そっちはこれで全員だろ。いいなぁ、アットホームで」

「こっちも絶好調だ。まだまだ伸びるよ」

「いいなぁ、楽しそうで。新興チームは伸び伸びやれてうらやましいよ。ウチは口うるさいOBがいっぱいでさ。気が休まる暇がない。たいへんだよ」

「寄付が集まってうらやましいぜ。なんでも、強豪校には陰の監督ってのがいるそうだな。OBの機嫌を取って金を引っ張り出すタイコモチだ。水野は、そっちのほうか？」

　水野監督が鼻で笑った。

「へらず口はそのくらいにしておけ。いくらほえたって、後ろからの声は聞こえねえよ。おまえらは一分四十五秒も後ろにいるんだから」

　水野監督が言う具体的なタイムは——今年の箱根駅伝における九位橙大と十位修学院大の差のことだろう。痛烈な嫌味だ。

「意外に記憶力がいいな。おれたちはもっと前を見てる。来年の箱根では、うちの走者は一度も橙色の背中を見ることなく大手町《おおてまち》にゴールするだろう」

「そいつはこっちのセリフだ。ドラえもん軍団はずっとおれたちの後塵《こうじん》を拝してろ」

「たかだか一位違いで偉そうなことを言うな。朝の空気が台なしになる。さっさと向こうへ行け」

　がはははは、と水野監督がさらに大げさに笑い、ふんぞりかえって大股で去っていった。

　両監督のやりとりを、おれたちは唖然《あぜん》として見ていた。

どう見てもガキの喧嘩《けんか》だ。

普段の落ち着いたあぶさんの様子からすると、ちょっと信じられない。だけど二年生以上は特に気にする様子もなく、それぞれストレッチに専念していたようだ。慣れてるのか？

「なんや、今の」

曲木が小声で言った。

「あんな大人げないあぶさん、初めて見た。タケル顔負けのガキ丸出しぶりや」

おれのことはともかく、たしかに今のあぶさんは大人げなかった。

「芝居だろ。わざとやりあってるんじゃないの。あの二人、美竹の黄金期の同期だろ。プロレスラーが闘う前にひどいことを言い合うようにさ。じゃれて、気合いを高めてるんだよ」

貫が言った。そうかな、と岩井がうなる。

「ずっと一緒だったからこそ、メチャクチャに仲が悪いってこともあるぜ。嫌な部分も知ってるわけだし」

伊地がうなずいている。おれも岩井の意見に賛成だ。とても演技には見えない。水野監督のほうに明らかに優越感が漂っていた。なにより、舌戦の直前に見せたあぶさんの不愉快極まりないという顔――。

走る合間に、いろいろなことが起こる。

両監督の関係については今度真根センに聞こうと話がまとまり、おれたちは宿舎へ戻る山道を走りだした。

夕食後、一年生に向けたあぶさん訓話会があった。テーマは、ずばり箱根駅伝。

ある本に、箱根駅伝が多くのファンを持つ理由がいくつか書いてあるという。

①箱根という土地をレースに組み込んだコースの面白さ
②大学の伝統の競い合い
③正月に行なわれるテレビ中継を家族揃って見ることができる健全さ
④日本オリジナルの大会であること
⑤大学生が必死に襷をつなぐ健気さ、悲壮感

「これ以外に、なにがあると思う」

あぶさんは問いを投げ、おれたちの顔を次々と指差す。「わかりません」と言うとすぐに違う顔に指を向ける。相生は「全然わかりません」と即答してさっとあぶさんにスルーされ、曲木が指された。

「十人で襷をつなぐいうところが、絶妙なんやないんでしょうか。マラソンもエエけど、一人で走るでしょう」

うん、いいねとあぶさんが誉める。次は岩井。

「やっぱり、テレビの生中継が大きいと思います。箱根は関東圏の大学しか出られませんが、全国各地の高校から選手が集まります。テレビを通じて故郷に錦を飾るという舞台でもあると思います」

いいね、とあぶさんが唸った。故郷に錦を飾る、というのはよくわかる。

次に指されたのは田中一斉。

「天候……ですかね。一番過酷な時期ですよね。寒いし、風が強くなることがあるし、時には雪だって降るし。予想に反して暑くなったりもするし。その中を襷をつないでいくというのが、日本人は好きなんじゃないでしょうか」

いいぞいいぞ、とあぶさんが笑う。

面白いミーティングだな、と思ったらおれが指された。

「駅伝の魅力は、仲間の頑張りを信じることです。中継所の選手は、仲間を信じて襷を待っています」

高校のときにおやじや母さんと話したことだ。野球やサッカーの試合では、仲間が頑張る姿を直《じか》に見ることができる。しかし駅伝は中継所で待っているから、仲間の走りを見られない。ずっと一緒に練習してきた仲間の頑張りをひたすら信じて待つ。それが駅伝の最大の魅力だ、と話し合ったんだ。

「箱根駅伝は、待つ時間が長い。だから感動します」

おやじ譲りの断言調で話してしまったけど、あぶさんはポンと手を打った。

「いいなぁ。今年の一年はいいよ。去年もおとどしも、こんなにセンスのいい答えは出なかった」

入部して初めて誉められた。半分はおやじや母さんの受け売りなんだけど。でも高校の県大会で、強く実感したことでもある。

翌日の夜も訓話会だ。食後の片づけを終え、おれたち一年は固まってあぶさんの話を聞いた。

「夏合宿に入ったところで大事なことを話しておく。掲示板に貼ってあるように、いろいろな大会に参戦するわけだけど、おれたちははっきり箱根を目指している。箱根で結果を出せると期待されてるから、ウエアにしてもシューズにしても、栄養補助食品にしても、合宿にしても、いろいろな補助が受けられる。そういうことを、認識してほしい」

いいタイミングなのだろう。入部直後にこれを聞かされても実感がわかない。プロテインやビタミンのサプリメント、ミネラルが豊富な美味しい水、美味しくてボリュームのある朝食と夕食。それらを当たり前のように摂ってきた今、その話を聞くと、おれたちをとりまく環境が恵まれていることがすんなりと理解できる。

「みんなそれぞれ、多少のカルチャーショックはあったと思う。ウチの上級生の走りや、記録会での他校の強い選手の走りを目《ま》の当たりにしたときにね」

　あぶさんと一瞬目が合い、おれは小さくうなずいた。

「こう思ったかもしれない。自分たちは一年だからってね。次の箱根では走れなくても仕方がない、上級生のサポートに回ってチームに貢献できればいい、って。もしそう思ったのなら、その考えはきっぱり捨ててくれ」

　あぶさんが声量を絞る。

「散歩をしていて富士山の山頂に登った人間はいない。登り切れるのは、山頂にたどり着くという強い意志がある者だけだ。箱根のメンバー入りも一緒なんだ。一年生がエントリーされないチームは強くない。うちがもっともっと強くなるには、みんなの頑張りが絶対に必要だ」

　すっと顔をあげておれたちを見回すから、みなが小さく「はい」と返事をした。おれは無言でうなずいた。

「選手の特徴を評して、『気持ちが強い』って言い方をするよね。たとえば山上りの5区を走る選手は、タイムよりも気持ちの強さが大事だって。今年の5区はキャプテンが走った。カバは気持ちが強い。部内ではそういう評価だ」

四年生の樺幸一郎《かばこういちろう》キャプテンのことだ。当然、カバさんと呼ばれている。

「じゃあ、気持ちが強いって、具体的にはどういうことだろう。答えられる人」

あぶさんが小さく右手を挙げる。誰も答えない。おれにも——気の利いた答えが浮かばない。

「言われるとなんとなく納得してしまうけど、よくわからないことだ。タイムの差は誰が見ても明白だけど、気持ちの強さの差なんて目に見えないからね。それがどういうことなのか、考えてほしいんだ」

はい、と岩井が手を挙げた。

「カバさんはどうだったんですか。そこに答えがあると思います」

いいね、という顔をしてあぶさんが岩井をすっと指差した。

「カバの場合は、気持ちの強さを自他ともに認めていた。おれも認めた。目に見えない物を全員でアグリーしたということかな」

「気持ちの強さではカバさんにはかなわない。みんながそう思ったってことですか」

「具体的には、たとえば練習環境への対応だ。午後練のときに強い雨が降ってきた。おれはみんなを屋内に引き上げさせて様子を見た。雨足はますます強くなる。ストレッチでもしてやり過ごせば、止《や》みそうだった。こういうとき、雨を天から与えられたチャンスと見て喜んで走らせる指導者もいる。実際のレースが雨だったときの練習になるからね。逆に、体調を崩したら元も子もないと慎重になる指導者もいる。おれはケース・バイ・ケース。そのときのチームの情況は、合宿から戻ってきたばかりで疲労がたまっていた。それを考えると、無理はさせないほうがいい。でも、おれも気紛《きまぐ》れでね。トラックに叩きつける雨から手招きされてるような気がしてきて、『さっと三千メートルやって、上がろうか』と言ったんだ。そのとき、大半の部員の表情が曇った。雨の中を走る意義はわかる。でも人間の反応は案外正直で、雨に濡《ぬ》れるのはイヤなんだ。シューズは濡れるし、トラックは滑りやすく、ケガをするかもしれないしね。そのとき、カバだけは目を輝かせた。こういうところに気持ちの強さが顕《あらわ》れると思ったよ」

「それで、雨の中を走って、成果が上がった、いうことですね」

曲木が言うと、あぶさんは笑って首を横に振る。

「じゃあ走るか、と雨の中へ飛び出そうとしたとき、ものすごいカミナリが落ちた。天を割るような轟音《ごうおん》だった。それでさすがに中止した」

朗らかな笑い声があがった。

「そんなときでも、カバさんは動じなかったんですね」

「耳をふさいで腰を引いた。カミナリだけは大の苦手らしい」

笑い声が大きくなる。あぶさんは柔らかい表情でおれたちを見渡している。

10

多摩川に戻ってきた。淀《よど》んだ川の匂いが懐かしい。

九月だというのに東京は猛暑だ。合宿漬けのおかげで盛夏に四畳半の部屋を留守にできた幸運に感謝した。眠るごとに秋に近づくと思えば体温並みの室温も我慢できる。

「くれぐれもケガに気をつけるように」

夏合宿の最終日のミーティングであぶさんは言った。

「涼しい中で走り込んできて、思った以上に身体は疲れている。そういうときに東京に戻ると、心身ともにほっとするのか、つまらないケガをしてしまうことも多い。季節が変わっていよいよ駅伝シーズンに突入するけど、焦らず、慎重に行こう」

理屈はわかるけど、涼しいところから降りてきて気持ちも身体も熱い。せっかくの好調にブレーキをかけるのもしゃくだ。あぶさんのアドバイスを話半分に聞いていた。

そうしたら、ほんとうにケガをしてしまった。

トラックでスピード練習をしているときに右足首をひねった。群馬のばあちゃんに言わせれば「唾《つば》つけとけば治る」くらいのもんだ。だけどあぶさんは医者に行けという。「こういうのを甘く見ると、クセになって取り返しがつかないことになる」と怖い顔をした。それで長距離選手の治療に定評のある松陰《しょういん》神社前の治療院に行った。背が高くて俳優のように快活な接骨師は、「たいしたことはない」と断じてくれた。おれの長距離歴を聞くと、「これまでケガと無縁だったとは」と、まさに俳優のような仕草で驚いた。

「骨が疲弊してないんだよね。筋肉もいいし」

「野球のピッチャーで言う、肩がすり減ってないってことですか」

思ったことを口にすると、笑顔で首を横に振った。

「ピッチャーの場合は、投げ過ぎで肩がすり減る。長距離選手だって走り込んで脚を酷使している。でも君の場合、結構走り込んでるはずなのに、故障の隙がないんだ。きっと、栄養状態も良かったんじゃないかな。頑丈に育ててくれたご両親に大感謝だね」

その言葉に従い、おれは治療院を出ると両親の住む南上州の空に向かって礼を言った。

栄養状態ってことなら、おれは相当に恵まれている。

「夕食は常に宴会並みにしなさい」

これがおやじの言いつけだ。

群馬の走水家の八角形の木製テーブルに大小さまざまな皿が並んだ。

ある夏の夕餉《ゆうげ》はこんな感じだった。鮎の塩焼き、帆立貝のコキール、マグロとアボカドの和え物、自家製つくね焼き、牛すじの味噌煮込み、スコッチエッグ、枝豆ととうもろこしのかき揚げ、茄子の揚げ浸し、花山椒ちりめん、きのこ三種のマリネ、ズッキーニのグリル、くるみと玉ねぎのサラダ。四つの椅子が埋まるとご飯と味噌汁が出てくる。さらにデザートの果物も出る。

赤、青、緑、黄色と花畑のような鮮やかさがおれを歓迎している。一日よく走ったご褒美のような気がしたものだった。

母さんはめちゃくちゃに大変だけど、そのかわり「朝食と昼食は質素でよろしい」ってことだから、夕食の余りを使えばいいんだ。

ただし、ご馳走をゆっくりと楽しめるとは限らない。おやじの質問が飛んでくる。

「合宿の意義って、なんだ」

なんとか答えをひねり出し、おれは口を開いた。

「強い選手の一日の過ごし方を見られる、ってことだ」

ふむ、うなっておやじがビールを飲み干す。

「強い選手の過ごし方か。具体的にはなんだ」

「……走りを見れば、強い選手ってことはわかる。合宿では、トラックでは見られないところを見られるってことだ」

「具体的には？」

「食べ方だ。強い選手はしっかり食べる。食事はバイキング形式だから、強い選手はメニューの選び方も賢いはずだ。食べることって当たり前のことだから、自分ではちゃんとできてるように思うけど。おれにはあまり関係ないけどね」

おれはそう言って両手を広げてテーブルのご馳走を示した。

「そうだよ、兄ちゃんほどしっかりご馳走を食べてる選手なんていないよ」と将が言って、母さんのほうを見た。

「そういうことだな」

実は高校の入江監督に聞かされた。「強い選手はよく食べ、よく寝る」と。合同合宿では、そういうことがよく見えると。

高校に入ってから、おれは食べることに意識的になった。さんざん走り込んだあと、メシが喉を通らないときもある。水分ばかりを摂ってしまう。すると食卓についたときにボリュームのあるおかずを食べられない。同じ練習をしているのに普通に食べられるヤツもいたから、体質なのかなと思っていた。ところが違った。入江監督の話を聞いて、おれは何度もうなずいた。

「食べられなくなるのは、走っている間、ずっと内臓が揺れているから。内臓も一緒に走ってるんだ。だから、特に長距離選手は腹筋が大事なんだよ」

長距離走は内臓を長時間揺らす。腹筋は最重要だと思い、それまで嫌いだった多くの腹筋強化ドリルに気を入れた。すると一週間くらいで、走った直後でもメシが食べられるようになった。嫌だったドリルを頑張って効果が現われると、そのドリルが一転して好きになる。

「合宿所の料理が質素なものばかりだとして、強い選手はどういう物を選んでどのくらい食べるのか。しっかり観察しなさい」

おやじは対局のない日は一日中部屋に籠もって戦術などの研究をしているらしいけど、少しも動いていないはずなのに、ものすごい大食漢だ。目の前の料理を次々に食べ、合間に酒を呑む。二時間くらい口を動かし続ける。圧倒的な食べっぷりを見るたびに、「ああ、おやじは脳で長距離を走ってるんだな」と思う。

いつだったか、はっとする質問も飛んできた。

「駅伝選手は、他の選手の実力を、どうやって知るんだ。あれは野球だのサッカーだのと違って、実際に走っている場面が見られん。自分は襷を待ってるんだから」

自分たちは当たり前だと思っていることだけど。思いがけない問いだ。

「トラックでのタイムが出るから、実力は明白だよ。それに記録会ではトラックを走るから、仲間の走りを見られる」

「練習ではなく、本番の立ち居振る舞いだ。将棋の世界では、対局の姿勢、勝負根性などを仲間から値踏みされる。その評価がすべてだ。強いと思われるかたいしたことないと見下されるか。決定的な違いだ。駅伝の場合、仲間の走りが見えないんじゃ、判断の材料がない」

そんなことを断言されても。誰の走りが強いか。練習をしていればわかることじゃないか。

そのとき、母さんが嬉しそうな顔をして話に入ってきたんだ。

「仲間を信じるのよね、駅伝って。実力を値踏みするんじゃなくて。みんなで一所懸命に練習して、仲間の頑張りを信じて、襷が来るのを待ってるの」

拍手をしたかったけど、そういう軽薄なことをするとおやじにじろりと睨まれる。

仲間を信じる。いい答えだ。

母さんは中学から大学までバスケットボールをやっていた。ボールをパスするのと襷をつなぐのとは、仲間を信じるってことで似ているのかもしれない。そんな母さんが、完全個人プレーの将棋棋士と結婚するんだから不思議なもんだ。

母さんのような素早く考えるセンスがおれにあったらな、と思った。いや、自分の頭の回転を卑下することもない。母さんはおやじとの付き合いの長さが違う。おやじのあしらい方を熟知してるんだから。

もうひとつ、あぶさんから釘《くぎ》を刺されたのが体調管理だ。ロードやグラウンドには熱風が吹いているから、冷房の効いた場所に身を置くと身体が温度差に参ってしまう。だからおれたちは電車も「弱冷房」の車両に乗り込む。

しかし授業が始まると、教室には冷房が効いている。これぱかりは快適さを享受するよりほかはない。冷房の中で椅子に座ってじっとしていると、まるで自分が死んでいるような錯覚を覚える。練習で絶えず足を地面に叩きつけている。地面はいってみれば地球だ。地球は回っているから、回る玉の上でおれは脚を動かし続けているのだろうか。サーカスのピエロのように。ドラえもん軍団全員で玉乗りをしている。

そういう想像をしだすと、もうだめだ。

今日も、夢の中を心地よくさまよった。

夢のチャンネル設定はできないようで、どうせなら箱根駅伝の5区あたりで快走するシーンを楽しみたいけど、なぜかいつでもおやじの眼鏡面が現われる。

現われれば妙な質問を投げかけられ、説教される。

「大学の意義はなんだ。最高学府で高度な学問を身につける。加えてお前の場合は駅伝で心身を鍛える。そうだな」

夢の中のおやじはそう言う。

「もうひとつある。最大の意義だ。それはなんだ」

勉強に長距離走と、さらにもうひとつとは？

「友達だよ。友達が増えるでしょ。日本全国から集まってくるし」

おやじの目が大きくなる。そのとおり、ということだ。

「中学や高校のときとは比較にならないほど大勢の人に出会う。大学時代はエクスパンションの最大のチャンスだ。多くの人と接して、自分をぶつけていけ。歳を取ると人間関係は縮小に向かう。大学時代に多くの友達を作ることが人生を豊かにする、出会いを大切にしろ」

わかりやすい話に、はいと返事をした。

陸上競技部に入部した時点で出会いが飛躍的に増えた。駅伝チームは一年生の十四人のほかに、二年生が十五人、三年生が十二人、四年生が十人もいる。短距離走や投擲《とうてき》の部員もいる。もうこれだけで七十人近くと顔見知りになった。さらにOBも大勢いる。毎日酒を呑みに現われる謎の目玉ジイさんもいる。「三つの意義」のうち一つは達成してる。

「いいぞ、頑張れよ」と珍しく誉められ、おやじに肩を叩かれた。これも珍しい。おやじは口ばかりで、滅多にスキンシップをしない。いや、肩じゃない。背中を叩かれた。結構強い力で……。

「起きろ。授業、終わったぞ」

机に伏して眠っていた。左手でよだれを拭《ぬぐ》いながら顔をあげると、奈津が笑っている。

「次、概論だろ。早く行こう。いい席、取らなきゃ」

次の授業は階段教室で、〝いい席〟というのは最後尾の目立たないところだ。おれはよろよろと奈津に従った。

奈津は真面目《まじめ》なのか不真面目なのかつかみどころがなかった。授業前にはたいてい静かに本を読んでいて、国文科の学生だと感心するわけだけど、授業が終わると「金栗《かなぐり》、行こう！」と急に騒がしくなる。大学の裏門そばにある金栗荘に誘っている。

いい席に並んで座ることができた。熟睡したせいで目が冴《さ》えている。おれは奈津に「今日はなに読んでるんだ」と声をかけた。

「昔の文庫本。タケルには関係ないよ」

口広のバッグを覗《のぞ》き込むと、文庫本が二、三冊入っている。

「読書好きだな」と言うと「タケルは？」と聞かれたので首を横に振った。文庫本など買ったためしがない。奈津は一日に一冊は読むという。

「本代、ばかにならないだろう」

「タダ。父が書評家なんだ。家にある本を片っ端から読んでるってわけ」

偉いもんだ。一日の相当な時間を読書に費やしている。文庫本に目を落とす奈津の横顔はなかなか凛凛《りり》しい。しゃべるときとのギャップがありすぎる。

自分のことに置き換えてみた。「読書する奈津＝走るおれ」だと。そのときにはしゃべらないところも共通している。

「なんで、本を読むんだ」と聞いてみた。

「暇つぶしだよ」

奈津が上目使いでおれを見る。挑戦的な目つきだ。

「なに、その顔。もっとカッコいい答えを期待した？」

その顔ってどんな顔だ。

「読書が金儲《かねもう》けになるなら、投資家はみんな読書家だ。成績がよくなるのなら、模試も予備校もいらない。でもそうじゃないだろ」

早口でしゃべり、息継ぎするときにふふふと笑う。

「暇つぶしだから時間を殺すわけだけど、面白い小説は、つぶそうとしていた時間が、光り輝くんだよ」

カッコいいことを言う。

まくしたてたあとで、「わかる？」という顔をする。その雰囲気が中学で一緒だった鮎川美貴に似ている。頰がふっくらとして可愛らしいところも似ているけど、奈津はあごのラインがシャープで、笑うと顔の下半分が「止まれ」の標識のようにも見えた。

「今度はこっちの番。タケルたちって、なんで走るの？」

素早く返球がきた。

「月に千キロとかって聞いてるけど。走ってる時間、ものすごく長いでしょう」

こっちも、捻った球を返さなくてはいけない。

「本能だからだ」

「本能？」

おれはうなずいた。

「人間の動きって静と動だろ。今みたいに座ってたり、電車の中で立ってたり、眠ってたり。これが〝静〟」

「へえ」

「現代人は〝静〟ばかりだ。走りすぎるくらいがちょうどいいのさ」

「泳ぐとか登るとか、投げるとか蹴るとか、〝動〟にもいろいろありそうだけどね」

揚げ足を取られたけど、まあいい。

なぜ走るか、という問いに「走ると気持ちのブレが整ってくる」だの「鼓動を速めることで、自分の心臓と会話できる」だの、それらしいことを言ったら負けだ。

「悪くないね。小難しいことを言ったら、話すのをやめようって思ってたんだ」

「偉そうでムカつく。教員みたいだ」

ごめんごめん、と謝る顔がわりと素直だった。

「読んだばかりの本に、似たような話が出てきたんだよ。大学教授が『哲学の任務とは』ってことを言ってるんだけどね」

奈津は目線を左上に泳がせて語り始めた。文章を暗記しているようだ。

「単純なコトガラを複雑怪奇にすることがその任務である。人生は、喰って糞《くそ》して寝て起きて死んで行く、ただそれだけのことであるが、これではあまり簡単すぎてつまらない。そこで哲学は『人生は不可解なり』とか『人生は謎である』とか、もっともらしく、かつ、廻りくどく、わざと難解な用語を用いて、人生を複雑怪奇なものに仕立てあげるのである。いわば一本のまっすぐな糸を、こねてまるめてこんがらからせる。するとはじめて人生は生きるに価するものとなる。——ってね。それを思い出したってわけ」

走ることに哲学的な意味なんてない。いや、意味を持たせなくていいってことだろうか。難しく考えようとシンプルにとらえようと、タイムが縮まればそれでいい。難しく考えてタイムが縮まるなら、おれは精一杯難しく考える。

「面白い。やる気が出てきた」

「でしょ？　じゃあ、授業終わったら金栗行こうか」

おれは笑顔で首を横に振った。マージャンをやる暇だけはない。

「たまには、しがらみをカナグリ捨てろよ」

奈津はそう言うと、もやしを強火で炒《いた》めるようなけたたましさで笑った。

11

階段教室での講義を聴きながら、おれは硬い背もたれに背中を押しつけ、上体を伸ばした。

深く椅子に腰掛けて足裏を床につける。片足の踵《かかと》をあげて爪先《つまさき》を立て、バレエダンサーのように爪先を内側にひねって十五秒間静止する。座った姿勢でできる〝トゥ〟というトレーニングだ。授業中、これを左右十セットずつ。すねの前脛骨筋《ぜんけいこつきん》を強化するアイソメトリック・エクササイズだ。

午後の授業がすべて終わると、いつもなら電車に乗って多摩川を渡り、練習場へ行く。でも今日は三軒茶屋《さんげんぢゃや》から世田谷線に乗って松陰神社前の治療院まで。ケガはほとんど気にならないくらいに回復した。それでもあぶさんは医者に行けという。自己判断ではなくプロのお墨つきをもらえと。

そのあと、グラウンドで筋トレをやってもいいし、そのまま合宿所に戻っても構わない。夕食の時間までに食堂に入ればいい。

ケガしている以外の部分を強化する。そうすることで、完治したときにより力強く走ることができる。ケガをマイナスととらえず、「災い転じて福と為《な》す」となるように。

でも……。今日は〝トゥ〟を左右五セットでやめた。

授業を受けているとき、不意に全身がだるくなる。夏の疲れが出てきているのだろうか。授業が終わり、ゆっくりと席を立とうとすると、シャツの背中を引っ張られた。振り返ると奈津が笑っている。挑発的な笑顔だ。

「行こうか、カナグリ」

こいつは教室でおれの顔を見るとあいさつ代わりにマージャンに誘う。そんな暇はない。最初に誘われたとき、ルールを知らないと突っぱねておけばよかった。実家にいたころ家族四人でよくやったのだ。「マージャンは判断力、直感力、構想力、計算力、危険予知力、人間力、人間心理看破力、すべての強化に効果がある」とおやじは断じた。マージャンは楽しかった。特におやじの捨て牌《パイ》であがったときの爽快《そうかい》さといったらない。マージャンならばおやじに勝つことができる。

それで、「言っとくけど強いぜ」と答えてしまった。でもいまだに雀荘に入ったことがない。

今日もすっぱり断ろうとすると、奈津がにやにやしながら頭を揺らしている。

「麓から聞いたよ。足、ケガしたんだって？」

「ちょっとひねっただけだ」

「頑張りすぎなんだよ。そういうときは指先と頭を使うに限る。さ、行こう」

可愛い顔をして香具師《やし》のような調子でしゃべる。しかしおれはあくまで首を横に振った。

「医者に寄ってから筋トレするんだ。他、当たってくれ」

「筋トレなんてどこでもできるじゃないか。授業中、ずっと座りながら爪先立ちしてただろ。あれ、雀荘の椅子でもやればいい」

人の様子をよく見ている。

奈津と話していると高橋雅史《たかはしまさし》と星野祐一郎《ほしのゆういちろう》が近づいてきた。二人とも奈津と同じ映画同好会に入っていて、揃って長距離選手のように痩せている。ただし筋肉が全然ついていない。高橋は不精《ぶしょう》な長髪、星野は短めの髪をオールバックにしている。「タケル、オーケー？」と高橋が言う。「たまにはオーケーにしようぜ」と星野。

「いつだったかさ、地道に走ることが脳にいいとか、もっともらしいこと言ってなかったっけ？　パチンコとかマージャンとか、中毒になりやすい脳をリセットする効果があるって」

あぶさんが掲示板に貼った反復動作のメカニズムのことだ。

「毎日走ってるんだから、リセットのしようがないじゃない。ときどきマージャンやって、脳を中毒状態にしてやらなきゃ」

詭弁《きべん》のおかしさに声をあげて笑ったけど、奈津の言うとおりかもしれない。おれたち長距離選手の学園生活はストイックすぎる。

「駅伝とかマラソンとかって、駆け引きが大事なんだろ。だったらマージャンだよ。キング・オブ・駆け引きだ。日本人ランナーはマージャンやらないから勝てないんだよ。真面目一辺倒じゃ世界には通用しないよ」

ますますばかばかしい。日本人ランナーがマージャンをやらないという決めつけが可笑しい。高橋も星野も喉を見せて笑っている。奈津の顔が得意げだ。

こいつらといると、気持ちが和んでくる。三人と雀荘にしけこむのも悪くない。おれは笑いを抑えながら、ついにうなずいた。

ビルの二階にある雀荘は広々としていた。十卓あるうち二卓に学生たちがついている。

通院をさぼった後ろめたさを全身に感じながら、牌をつもっては捨てた。それでもマージャンは面白い。牌の並びに没頭していると、トラックでの焦りを一瞬、忘れられる。でも煙草臭いところが気に入らない。おれたちのメンツで喫煙者は高橋だけ。それもときおり吸う程度なのだが、雀荘全体に煙草の臭いがこびりついている。

すぐに二時間が過ぎた。もう帰ると切り出すと、奈津は目を狂暴に吊り上げた。負けが込んでいる。

「やっと調子が出てきたってときにさ。マラソンで言えばスタート五キロ地点ってところだぞ」

「合宿所の夕飯は絶対なんだ」

「集団の理屈を持ち出すんなら、こっちだって、タケルが抜けるとメンツも崩壊するんだよ。五キロ地点でリタイアになっちゃうだろ」

「ヘリクツに付き合う暇はないんだ。帰るぞ」

「タケルって、真面目なんだよな。寮に住んでないんだから、夕飯くらいサボったっていいじゃないか」

まあまあ、と高橋が煙草の煙を吐いた。

「一年がルールをぶっちぎるのはまずいよな。ここまで付き合ってくれたんだからさ。今日はおひらきにして、軽く飲みにいこうぜ」

星野もうなずいている。そろそろ腹が減る時間だ。

奈津が舌打ちをして、手を挙げて店主に終了の合図をした。

「タケルの週間スケジュールってどうなってるの。まさか休みなしってことはないんだろ。ずっと走り続けるのか？　マグロみたいにさ」

午後の練習は火曜から金曜まで。各人が授業を終えてグラウンドに駆けつける。土日には記録会や大会が多く、それがないときには午前中からグラウンドをじっくりと走る。月曜は全休。そう話した。多摩川土手を走る朝練のことは省略しておいた。走る量を自慢するようでいやだから。

「じゃあ月曜だね。じっくりやろう」

じっくりとはやれない。夕食までに合宿所に戻らなくてはいけない。それを言うと、奈津の顔が急に明るくなった。

「じゃあ日曜の夜だ。夕食後はフリーだろ。月曜は練習なし。夜を徹してできる」

おれも高橋も星野も笑った。不屈の闘志のマージャン中毒だ。

「奈津みたいなのを、フレンドリー・エネミーっていうんだぜ」

高橋が言う。

「フレンドリーなだけ、いいじゃないか」

奈津が口を尖らせる。

「長距離選手ってのは、いろいろな困難を乗り越えて栄光をつかむんだ。マージャンくらいでガタガタ言うんじゃないよ」

おれは大声を出して笑った。

マージャン中毒のスーパーウルトラヘリクツ女め。こんなに笑ったのは久しぶりだった。おれはこの手のヘリクツが嫌いじゃない。

雀荘を出て渋谷駅へ歩きだす。三人は安い居酒屋へ繰り出すようだ。

「タケルもちょっと引っかけていかない？　アペリチフ、食前酒だ」

奈津がそう言うと、高橋と星野が大笑いをした。

「悪い女だ。悪いことばかり教えてさ。未成年の飲酒だぜ。見つかって不祥事になるとヤバイぞ」

「大さわぎしなけりゃだいじょうぶだよ。適度のアルコールは血行が良くなるんだ。五分だけ、付き合いなよ」

「アルコール厳禁だし、そうでなくてもケガ持ちだしな」

奈津が不満げに首を横に振っている。

「つまんない。当り前すぎて答えがつまんない。断るにしても、もっとセンスよくいけないもんかな」

そんなことを言われても。おれは高橋の顔を見た。

「じゃあ、高橋ならなんて答える？」

「そうだなぁ。明日バリウム検査があるから、とか」

「ジジ臭いけど、タケルのよりも数段マシだね」

「これから車の卒検なんだ、とか」

星野が言って、奈津が手を叩いた。

「こんな感じの余裕がほしいね。さあ、再チャレンジ。タケル、言ってみて」

「おれ、まだ十五歳なんだ。優秀すぎて飛び級で大学に入った」

三人が笑った。焦りとも悩みとも無関係な笑顔に見える。本当のところはどうだかわからないけど。

こいつらと、安酒場でばか話をずっとしていたい。

しかしおれは走らにゃならん。

12

軽くグラウンドを走り、トレーニングジムに転がりこんだ。

腹筋台を最強の急角度にして上半身を上げ下げする。腹筋強化には各種アイソメトリックが発達しているけど、昔ながらのダイナミックに腰を折り曲げる腹筋もたまにはいい。

百回を目標にゆっくりと頭を持ち上げていると、うちの部員が白いTシャツ姿でジムに入ってきた。

三年生の三十万翔《みそまんしょう》だ。

おれだけが三十万先輩と呼んでいる。三十万先輩は室内用のシューズを履いて、十台並ぶランニングマシンの一番手前に乗り、慣れた手つきで操作盤を押している。

同期の相生とも滅多に話すことがないくらいだから、これが上級生になるとほとんど話さない。合宿所にいないおれが特別なのかもしれないけど。いや、おれの生意気そうな顔（ずっとそう言われてきた）が年上から遠ざけられるのかもしれない。

そんな中、三十万先輩だけは様子が違った。

話しかけてくるわけじゃないけど、ときおりおれを見てにやにやしている。笑顔を向けられれば笑顔を返すのが筋だから、おれもにやけて応じる。だが別ににやけているわけじゃないことが後からわかった。先輩は基本的に笑い顔で、目尻に笑い皺《じわ》がある。

福島県は会津《あいづ》の出身。高校の県大会で準優勝したときのキャプテンだという。身長が百八十三センチあるのに長身には見えない。身長に比べて脚が短いせいだ。ランニングパンツとショートソックスを穿《は》くと脚が長く見えるもんだが、それでも三十万先輩はバランスがおかしい。合宿のときに、ふと思ったことを口にしてしまった。

「昔からそうなんだよ」と三十万先輩は柔らかく笑った。「なんでそんなに脚が短いんですか」と聞いたのに、怒らない。

「足長おじさんって話があるだろ。おれ、〝足短《あしみじ》にいさん〟って呼ばれてたんだ。中学でも高校でも、後輩からは〝足短先輩〟って」

声をあげて笑った。隣りにいた岩井にたしなめられたけど、笑いを収められなかった。三十万先輩のひょうひょうとした情けない言い方がおかしかったんだ。

それで他の上級生とは違って、呼び名に敬意を表して〝先輩〟をつけている。真根センによれば、〝ウナギイヌ〟という昔の漫画のキャラに顔がそっくりだという。

おれは腹筋をやめ、起き上がった。

なぜ雨でもないのにランニングマシンなんかで？　他の部員はトラックをぐるぐる回っ

ているのに。

ランニングマシンに近寄ると、「おおタケル」とこちらに顔を向けてから、三十万先輩は腕を振って走り始めた。少し様子がおかしい。脚の出方が……。傾斜だ。マシンは坂道走行ができる。相当な角度をつけて山上りのトレーニングをしているんだ。

マシンの音がけたたましくなった。三十万先輩が腕を振る。フォームは軽やかだし腰はぶれていない。それなのにマシン周囲の空気がびんびん揺れている。向こうのマシンでは他の部の女子学生がゆっくりとジョギングしている。それと比べると走る迫力が全然違う。

操作盤を覗《のぞ》き込むと、時速二十キロ！

おれも含めてみんなそのくらいのスピードで走っている。でもこうして見ると、時速二十キロって恐ろしく速い。しかも山上りの角度で。

駅伝選手のスピードは普通じゃないんだ。このスピードで毎日練習をやれば、そりゃケガのひとつもするって。

三十分経ち、三十万先輩が減速した。首筋が汗で輝いて見える。

「山上りの練習ですね」

声をかけると、三十万先輩は汗を拭《ぬぐ》いながらうなずいた。

箱根の5区を走る有力候補なのかもしれない。

「ランニングマシンって、こういう利用法もあるんですね」

そうだね、と三十万先輩が息を吐《は》く。

「外を走るほうがいいに決まってると思ってました。こっちは風景も単調だし」

「単調さがいいんだよ。走りに集中するんだ」

三十万先輩はストレッチマットに移って腹筋のアイソメトリックを始めた。話の続きが聞きたくて、おれも付き合った。

「箱根の場合、約一時間、いっときも気を抜かずに走りに集中しなきゃいけない。特に5区の山上りは、気持ちの休まるところがない。だからあえて単調な環境で気持ちを鍛えるんだよ」

腹筋に力を込めながら、おれは心の中で何度もうなずいた。

「箱根の二十キロって、ごまかしが利かないんだよ。十人がそれぞれ二十キロを走るところがすごい。しっかり準備して、チームが一丸とならなきゃ勝てない。こういうのって、大学ならではだと思うんだよね」

そうだろ、という顔を三十万先輩がする。

「でも先輩、四六時中、箱根を目指すのって……疲れるときがありませんか」

「あるけど、そういうときも、集中力を高めてね。うちはみんな、真面目《まじめ》で頑張り屋だし」

「みんな、めちゃくちゃにストイックですよね。学部の友達なんか、自由気ままに見えて。

ときどき、自分はなにやってんだ、って」

つい弱音を吐いてしまった。

曲木や岩井にも言わないことだ。三十万先輩の表情は穏やかで、言葉の調子が優しいせいかもしれない。

「おれだって。バイトして合コンして、気ままにやってるようでうらやましいなって思うときもあるよ。でも、おれには走るほうが性に合ってる」

なにかのサークルに入って、バイトして、合コンでみんなと談笑して。そういう姿の三十万先輩はちょっと想像できない。おれもそうだ。

「よおし」

三十万先輩が立ち上がった。もう一度ランニングマシンに乗る。

おれも「よおし！」と真似《まね》をして、腹筋運動を続けるために腰をあげた。

13

多摩川の匂いに慣れてきた。

上州《じょうしゅう》の川風のほうが清らかで爽《さわ》やかに決まっているけど、多摩川の川風は〝自由〟な匂いがする。山が近くなく、夜なのに空が明るいせいかもしれない。

ケガが治った直後は、中途半端に走ってはいけないと釘《くぎ》を刺された。朝のジョギングやトラックでの練習には念を入れるとしても、合宿所からの帰り道に小走りするのをやめた。夜の道が心細い。走ればすぐ着くのに、夜の多摩川の土手が長く感じる。

秋のせいかもしれない。『昨日はどこにもありません』の文句を秋の夜風の中に吐き出してみたものの、振り返ってみたくもなる。

タイムが伸びてきたときにケガで足踏みするなんて。

こんなときに優一がいたら。

おれの弱音を聞いてなんて言うだろうか。「ケガはつきものだ。タケルだけが苦しいわけじゃない。ケガに悩まない長距離選手なんていないぜ」くらいか。いや、もっとエッジの効いたことを言う。「ケガは刺身につくワサビみたいなもんだ。ワサビがなけりゃ刺身なんて喰えたもんじゃない」くらいかな。

そんなことを考えていると、ねぐらに近づいてきた。

土手には人気《ひとけ》が少ない。ときおりジョギングする女性が通り過ぎる。まだ八時前だが、同じ時間でも春のころはウォーキングや犬の散歩など、案外人通りが多かった。春と秋とでは闇の濃さが違う。見上げれば、星の輝きも綺麗《きれい》だ。

土手を右に降りようとするとき、夜空を見上げる女が目に入った。雰囲気に見覚えが。

「タケル。お帰り」

奈津じゃないか。

おれは足を止めた。

「なにやってんだ、こんなところで」

「秋風が気持ち良くてさ。なんとなくニコタマから歩いてきた。星も綺麗だし」

奈津が闇の中で笑っている。空から白い月が落ちてきたのかと思った。

次の言葉が出ない。

紺のコットンパンツに白いブラウス。水色のパーカーを引っかけてショルダーバッグを提げている。午前中、授業で会ったときと同じいでたちだけど、顔がほんのりと上気している。

「マージャンのメンツが集まらなかったんだな。それでチューハイ飲んで、間違って下りの電車に乗っちまった。そんなところだろ」

「そんなところだ」

夜の闇に奈津の円《まる》い顔が出てきて面食らったけど、土手の傾斜に腰かけて星を見上げる、というのも悪くない。

「タケルの下宿、近くだろ。ちょっと一杯、付き合えよ」

きっぱりと首を横に振った。何度言えばわかるのか。部では二十歳を過ぎた上級生でも酒厳禁だ。ビールやチューハイといった軽い酒でも禁止。規則があるからというわけじゃないけど、ケガあがりだし酒が好きなわけじゃないし、金もかかる。

「頼りないな。得意げに言ってたじゃないか。長距離走ってのは脳の歪《ゆが》みをリセットするって。タケルみたいにずっと走ってたら、リセットばかりになっちゃう。たまには身体《からだ》に毒を入れなきゃ」

「ときどきマージャンして、悪い空気を身体に入れてる」

「相変わらず、付き合いが悪いじゃない」

ふふふ、と奈津が笑った。

「じゃあ、将棋でもやろうか」

「将棋盤も駒もない」

「なんにもないんだね。面白味のないヤツ」

おれは屈伸を繰り返した。そっけない受け答えをしているけど、さっきから胸がどきどきする。

「夕メシ、たらふく食べたんだろ。じゃあ、もうやることないじゃないか」

だからすぐに寝る、と言いそうになり、「寝る」という言葉を思ってさらに胸がどきりとした。

「一杯だけ飲んだら帰るから。そのへんにコンビニあるだろ」

おれはコンビニの方向を指差した。ここで待っていると言うと、ついてきてくれとせがむ。奈津はチューハイを一缶とペットボトルの水を買った。ピーチ味のチューハイだ。

「調子はどう？　箱根、走れるの」

おれはうつむいて足元を見た。ジョギング用の青いシューズが夜の底でしょぼくれて見える。

「一年生だもんね。ウチ、層も厚いんだろ。諦めるには早すぎるけど、今年は見送りか。あ、正月だから来年か。でも〝来年は見送り〟って表現、ヘンだな。そう考えると、箱根駅伝ってヘンだよね」

奈津の声が能天気に響く。いつか言っていたことを思い出して苦笑した。おれが箱根を走ることを心から望んでいると。

「朝から酒呑《の》んでお節《せち》食べてさ、家族みんなで駅伝中継見てさ。そのとき、大学の友達が画面の中で走ってたらさ、こんなにめでたいことはないよ。親戚みんなに自慢できるしさ」

　そして、「駅伝は相撲《すもう》だ！」と断言した。飲み食いしながら観戦するのが大相撲なら、正月の箱根駅伝も同じだと言う。

「コースに出て応援するファンも大勢いるけど、大多数はテレビ観戦だろ。朝から酒も入ってる。こんなことが許されるスポーツはほかに大相撲くらいだ。神事なんだよ。おめでたいんだ。駅伝は神聖な国民的行事なんだよ」

　マージャンを打ちながらそんな話をした。そのとき初めて、奈津の生意気そうな口調が可愛《かわい》いと思った。

　その奈津と今、秋の夜風の中を肩を並べて歩いている。

「一年生で出るやつっているの」

　小さくうなずいた。相生、田中、栗上の顔が浮かぶ。

「そういうのってさ。嫉妬とか、あるわけ」

「ない……。基本的にはタイムの速い選手が選ばれるから。あるのは、自分の腑甲斐《ふがい》なさだけ。そのレベルに食い込めなかったんだから。気合い入れようとしたときにケガしちゃったってこともあるし」

「つらいよね」

「つらくない。やることははっきりしてるから、負《め》げずにやればいいんだ」

「タケルって、そういうタイプだもんね。でも人間だから、たまには弱音も吐かなきゃ。そういうときに酒を呑むんじゃないか」

おれは笑った。

「弱音なら聞いてやるよ。タケルの部屋で呑もう」

土手に続く石段にさしかかったとき、奈津はそう言った。おれはゆるゆると首を横に振った。

「人を呼べるようなところじゃない。土手の草っぱらのほうがはるかにマシだ」

「四畳半に裸電球なんだろ。いまどき珍しいよね。わたしが思ったイメージと合ってるかどうか、ちょっと確かめさせてよ」

「いやだ。とにかくなにもないんだ。コップだってない」

うがい用のコップ。使い捨てのプラスチックコップを使っている。

「すぐ帰るから。怖いもの見たさってやつよ」

押し切られた。ちょっとどきどきもしていた。秋風にも後押しされて、奈津を部屋に案内することにした。座布団ひとつないけど。

ドアを開けて灯《あか》りを点《つ》けると、「ある程度は予想どおりだけど。ここまでなにもないとはね」と言う。布団を丸めて隅に追いやった。奈津は裸電球の真下に腰を下ろし、缶チューハイを開けてから斜め座りをした。

「こういう下宿って、週刊誌とか漫画本とかが座布団代わりになるもんだけど、そういうのも見当たらないね。あれ、これは？」

細い指が赤い巾着《きんちゃく》袋を指差す。中にはマージャン牌《パイ》が入っている。山を積まずにテンパイ練習ができる仕掛けで、弟の将のアイディアだった。

この部屋にあっては、粥《かゆ》に浮かぶクコの実のように目立つ。奈津が上体をのばして巾着を手にする。中身を見て笑いだした。

テンパイ練習のことを話すと、笑い声が大きくなった。

「タケルって、基本、真面目だよね。こんなんで練習するなんて可愛いよね」

そういう流れになって、二人マージャンを始めた。巾着から手探りで配牌を取り出し、ツモは十八回。チーはなしでポンはあり。これが案外面白く、十回やっておれの三勝だった。早く勝負がつくところがいい。

奈津が喉《のど》を顕《あら》わにして缶チューハイを飲み干した。おれはペットボトルの水を飲む。この部屋で飲み食いするのは初めてのことだ。こんなに長い時間起きていることも。

「駅伝のさ、スタンダードな数字ってなに」

奈津がおれを見つめて言った。とろりとした目だ。

「野球なら九だろ。ナインだし、九回やるし。競馬は十二レース。大相撲は十五日間。そういう意味。駅伝って?」

「そういうことなら、十かな。箱根の十区間だ。あと、シード権も上位十校だし」

「じゃあ、十回でちょうどだね。このへんでやめようか」

奈津が部屋を見回した。その視線が、丸めた布団で止まったような気がした。

「電気スタンドとか、ないの」

灯りは裸電球だけだ。

「本とか読んでて、眠くなったら枕元のスイッチを切る、っていうのが普通じゃないか?」

「寝つきがいいんだ。帰ってきて電球を点けずに布団に倒れ込むこともある」

「電気代、かからなくていいね」

「寝るだけなんだ」

「じゃあ、寝る?」

奈津が声をひそめた。とろりとした口調で。

どすん、と下半身に血の塊《かたまり》が落ちる——。

「もしこのままわたしを帰らせたらさ。スーパーウルトラ天然記念物に認定されちゃうよ。文学部国文科の〝SUT〟だ」

目が合った。奈津の唇がかすかに尖《とが》り、すぐに弛《ゆる》んで円になる。

「なんか、言ってよ」

「いつもみたいに、もやしを炒《いた》めるように笑ってくれないか。ここは人気がないから、声をひそめなくても平気なんだ」

「面白い表現だね。でも今は、なんかしっとりとしちゃってさ……秋ナスの煮びたしって感じかな」

「いつか……おれが箱根駅伝に出たら、最高に楽しいって言ってたよな。実家のこたつで、学部の友達のことを自慢できるからって」

「言ったよ」

「こういうことになるとさ。……もっと楽しくなる。それが狙《ねら》いか」

奈津がゆっくりとうなずいた。

「そういう狙いもある。だって楽しいほうがいいじゃない」

甘い匂いがする。

「電気消してよ」

おれは立ち上がり、スイッチをひねった。窓からの灯りだけ。とたんに侘《わび》しくなる。

甘い匂いが古い畳にしたたり落ちる。

「眠るとき以外でも、灯りを消すときがあるのよ」

奈津がもたれかかってくる。おれは一瞬、高校時代の県大会を思い出した。二年生の秋。

中継所に走り込んできた優一を、サポートだったおれは全身で抱き留めた。そのときの感触を、なぜだか思い出したんだ。

優一の硬い肩とは違って、奈津は柔らかくて甘い匂いがした。

おれは奈津を抱き締め、唇を重ねた。甘く温かい唇。ピーチチューハイの味を初めて知った。

目をつぶると、不意に桜吹雪が出てきた。

あの春の、荒れ狂うような桜吹雪——。

激しく走り込んだ夏合宿だったけど、あぶさん考案のユニークなメニューもあった。〝二十五キロ走〟だ。

恒例の「あぶさん訓話」が、合宿所の食堂掲示板にも貼り出された。

「ラスト！　という掛け声を、諸君は数えきれないくらい聞いてきたと思う。ゴール目前のラストスパートだ。だが、それが実現できるケースは意外に少ない。ゴールしてしまえば倒れ込んでもいい。理屈ではわかっていても、ゴール目前で失速してしまう。

それは人間の本能のせいだ。

目標達成が近づくと『もう、このくらいでいい』と思ってしまう。ゴールが見えたことで脳が安心してしまう、という研究がある。

ならば、対策を講じるべきだろう。ゴール設定を先延ばしにした練習を繰り返す。最後の最後まで全力が出せるよう、脳を鍛えるんだ」

14

そこで、箱根駅伝の区間よりも約五キロ多めの〝二十五キロ走〟を繰り返した。五キロの上積み分で力を振り絞る。それを脳と身体に覚え込ませた。

秋が深まると、本格的な駅伝シーズンになる。

出雲《いずも》駅伝は九位、全日本大学駅伝は十二位だった。おれはどちらともサポートにも呼ばれなかった。

駅伝メンバーの選考は部の最大の関心事だ。しかし不気味なくらいに、そういう話題にならない。四年も三年も二年も、もちろん一年生も、黙々と走り、風呂や食事のときには駅伝とは無関係なことを話す。

九月下旬に行なわれた記録会でのタイムが選考の参考になる。

おれの記録は五千メートル14分46秒。一万メートルは30分24秒。

ケガでの足踏みの影響は少なかった。夏合宿の成果が確実に現われている。元々は短距離走をやっていたし、自分ではスピードがあるほうだと思っていたけど、比較すると一万メートルのタイムのほうがいい。ジョギングに念を入れた成果だろうか。

夏の頑張りが実るのは誰にとっても同じだ。みながレベルアップしている。相生の五千メートルのタイムは14分19秒だった。二十七秒の差は気が遠くなるほどだ。

相生とはほとんど話をしない。同じ釜のメシを喰っているのに。話しかけてくれば応じる気はあるけど、寄ってこない。別に険悪な雰囲気でもない。風呂場では一緒に湯槽《ゆぶね》にも入って、「相変わらず熱い湯だな」「そうだな」くらいはある。会話というよりは呻《うめ》き合いか。

全日本の八区間は上級生主体のメンバーで臨んだものの、出雲では相生が走った。出雲は六区間六人だから、一年生としては大抜擢《ばってき》だ。短い五・八キロの区間で16分33秒の快走を見せた。出雲特有の日本海からの強風を受けながら、風が避けていくような迫力で走り切った。

やがて多摩川周辺の空気も冷たくなり、朝練の土手ジョグでは吐く息が白くなった。暦が師走になると、いよいよ箱根駅伝の十六人のエントリー選手が発表になる。事前に真根センが発表方法を発表した。「朝練の前に発表する」と。発表方法の発表というのが回りくどいけど、この件に関しては妥当だと思えた。ただしいつの朝練になるのかはわからない。

それが今朝だった。

ストレッチングを終えて土手に出たとき、あぶさんが手を二度、叩《たた》いた。

「箱根のメンバー。読み上げるよ。樺、森下、新井、小林、平、吉村、松下、太田、浅野」

あぶさんがいったん言葉を切る。ここまでは全員四年生だ。

「若命《わかめ》、三十万、仲根、末永、浜崎、伊香内、相生。以上十六名。箱根駅伝の代表だ」

冬の未明、みなの吐く息が盛大に白い。水色のウインドブレーカーがうっすらと闇に浮かんで見える。

相生が入ったんだな——そうおれは思った。

「エントリー選手だけが箱根を走るわけじゃない。一緒に頑張ってきた全員が実際に走る十人を支えてるんだ。1区から10区までの代表は、いわば十本の指だ。この指で襷《たすき》をつなぐんだ。十本の指を支えているのは部員全員だ。全員が揃《そろ》って一人のランナーなんだ」

走りだした。おれは中団後部について走る。後ろには主に三年生がいる。

後ろから、いつもの息遣《いきづか》いとは違う様子が伝わってくる。

誰かが泣いている。走りながら、声を圧《お》し殺して泣いている。

左側で走る曲木がちらっとこっちをうかがった。おれは鋭く首を振った。

やがて嗚咽《おえつ》の気配が遠ざかった。

エントリーに漏れた三年生の落胆。脚に力が入らなくなったんだ。

つらい場面だ。

そのうち、隣りの曲木までハナを啜《すす》りだした。もらい泣きか。

おれの身体を寒風が吹き抜けていく。選ばれるはずもないと諦めていたからちっとも悲しくない。――そんな自分の気持ちが、情けなかった。

三年生には来年がある。しかし感情のコントロールを失ってしまうくらい、一所懸命にやったんだ。そのくらい一所懸命だったんだ。

おれのほうも泣きそうになってきた。

折り返し地点でくるりと東を向いたとき、「林?」と樺さんが言った。他の三年がうなずいている。リタイアしたのは三年の林さんだ。

自転車で追走してくるあぶさんの姿がない。泣き崩れた林さんをフォローしているんだろう。

リタイアした部員を見捨てるわけもないのがあぶさんだ。普通なら声をかけるくらいで、すぐに自転車を飛ばして集団に追いつくだろう。

「箱根じゃない。多摩川の土手なんだよな」

樺さんが誰へともなく言った。誰もなにも答えない。でも言葉の意味がわかる気がした。

おれたちはすぐに走り始める。東の空はまだ暗い。

15

雨が降り出した。下宿に戻る途中で降られた。冷たい雨だ。

部屋にかけこむと、雨音が強くなった。

今夜は部屋の灯りを消しても意識が落ちない。

あまりに風が冷たかったから、合宿所を出る前に煎茶《せんちゃ》を飲んだのがまずかったか。いや、いくら茶やコーヒーを飲んでもすぐに意識が落ちる。いつもどおりに体力を使いきって帰ってきたのに、なぜか今夜は眠れない。

高校三年の夏。

あのときも雨が降っていた。

おれは部屋に一人でいた。珍しく入江監督から連絡が入った。

「タケル、落ちついて聞いてくれ」

いつもと声の感じが違った。おれは背筋を伸ばして耳に気持ちを集めた。

「優一が事故に遭《あ》った。自転車で。今、病院だ」

声が出なかった。

監督の声を聞いた瞬間、なぜだか優一の自転車の荷台に乗っているときのことを思い浮かべていたんだ。

交差点を走り抜ける優一……。

まったく減速しないで。

「だめだったんだ」

耳に入った言葉の意味がわからない。

「さっき亡くなった。タケル、しっかりするんだ」

電話が切れた。

うそだ。

優一が死ぬなんて。

悪い冗談に決まっている。

そりゃあのバカ、事故くらいには遭うだろう。だけど死ぬわけがない。そう簡単に死ぬようなヤツじゃないんだ。

優一は自転車のブレーキをかけなかった。駅伝の流れを止めるような走りをブレーキという。それがイヤなんだ。だけど、死んじまったら、流れもヘチマもないじゃないか。

うそだうそだ。全部うそなんだ。

全部夢なんだ。

おれはジョギングパンツに穿き替えてソックスを穿いた。とりあえず病院へ行かなきゃ。

しっかりしろよと声をかけなきゃ。気をつけろと、今こそ言ってやらなきゃ。

どこの病院だ。

監督はなにも言わなかった。

スマホを取り出して優一の番号をディスプレーに出した。

でも、発信できない。

見慣れた番号の並びが、すごく怖かった。

監督からメールが入った。高崎《たかさき》総合病院。

母さんに頼んで車を出してもらった。

おやじが自室から出てきて「どうした」と言うから、「友達が事故に遭って病院に担ぎ込まれたんで、様子を見に行く」と答えた。おやじがわずかに下を向き、眼鏡に灯りが反射して目の表情が消えた。いったん姿を消してからまた現われて封筒を差し出した。札がずいぶんと入っている。

「こういうとき、ご家族は気が動転して、支度ができていないものだ。入り用なら貸して差しあげなさい」

そう言うので受け取っておいた。

おれが背を向けると、おやじの声が追いかけてきた。

「理不尽《りふじん》なことは、幸せの隣りで、大口を開けて待っている。いつでも、誰にでも。おまえの友達にだって、おまえにだって降りかかる。おれにも、母さんにも、将にも。それを見届ける者は、なにがあっても、気をしっかり持つんだ」

おれは振り返っておやじの目を見て、小さくうなずいた。

強い雨が降っていた。助手席に乗り込んだ。

おやじは優一のことを知らないけど、母さんはよく知っている。何度か家に遊びにきたことがある。母さんはハンドルを握りながら「だいじょうぶよ、きっとだいじょうぶよ」と念じるようにつぶやいた。監督が口にしたことは……母さんには話していない。間違いに決まっているから――。

どしゃぶりだ。ワイパーを激しく動かさないといけないくらい。

「急ぎたいけど、こういうときこそ安全運転」

母さんは言った。おれは黙ってうなずいた。闇に降る雨を凝視する母さんには、それではなにも伝わらないけど、声が出なかった。

病院に着くと、監督がロビーの椅子《いす》で背を丸めている。

「やっぱり来たか」

そうつぶやいて立ち上がった。照明が暗くて、監督の浅黒い顔がよく見えない。

「優一は？　だいじょうぶなんでしょ」

監督が肩を落としてうつむいている。いつもの、上下揃いのウインドブレーカーがしょぼくれている。

うつむいたままで、首を横に振った。

うそだろ。

優一が死ぬなんて。

「自転車で——交差点でトラックにはねられたんだ」

うそだろ。

あの優一が居なくなってしまうなんて。

全然リアルじゃない。

身体の力が抜けて、おれはその場にへたりこんだ。

その後の通夜も告別式も、遠くでやっているようにしか思えなかった。頭の中が真っ白で身体は浮いているようだった。

涙が出ない。思い切り泣きたいのに。

中学生の妹がずっと泣いていた。面差《おもざ》しが優一に似ている。のたうちまわりたくなるくらい切なかった。

だけど涙が出ない。

優一のお母さんが、おれの手にランニングウォッチを渡した。優一がつかっていたものだ。おれはなにも言えずに、受け取った。

午後四時の集合時間に、入江監督はグラウンド隅にみなを集めた。それぞれがウォームアップを始めている。長距離選手も短距離選手も砲丸投げ選手も、全員が集められた。入江監督は訓話が好きじゃないらしく、種目別に輪を作るばかりで、全員になにかを話すことは今までなかった。

部員の山の、後ろのほうに立った。

「優一とは二年半の付き合いになってしまった。とても短い時間だ。優一は、いつでも全力だった。力を出し惜しみすることがなかった。自分の限界がどこなのかを知ろうとして、いつでも突き進んでいた。ケガなどのトラブルになる前に、それを止めてやるのが指導者の役割だった……」

監督が眼鏡を外して涙を拭っている。前のほうで、女子部員たちの啜り泣く声がする。

「優一をはねたトラックの運転手は……子どもが生まれたばかりだったそうだ。誰が悪い、ということじゃない。一瞬にして優一の人生が終わって、運転手の人生も変わってしまった。……悔しくて仕方がない。優一が生きてさえいれば、あいつの不注意さをぶん殴って説教した。でも、それが叶《かな》わない」

啜り泣く声が大きくなった。

気がつくとおれはしゃがみこんでいた。みなが泣いている。

悔しくて仕方がない。でも涙が出ない。おれはなにもできなかった。

その夜、部屋におやじが入ってきた。

「ひとつだけ、いいか」

そう言ってドアを閉め、カーペットの上に胡坐《あぐら》をかいた。静かな気迫がある。

「おれはスポーツ観戦が好きでな」

思わずおやじの顔を見た。微《かす》かに笑っている。

「野球やサッカーなんかよりも対人競技に興味がある。相撲とか柔道とか剣道とか。レスリングやフェンシングもいいが、やはり武道がいい。武道は礼に始まり礼に終わる。将棋と同じだ。これが当たり前のようで、案外難しい。対人競技だから、相手を殺すくらいの気持ちで勝負に臨む。その相手に頭を下げる。勝負がついて、勝っても負けても頭を下げる。それができるからこそ、武道は尊いんだ」

流れがよくわからない。でも、おやじの話に水を差すことはできない。

「ところが最近では、勝ったほうが拳《こぶし》を突き上げたり、万歳をして飛び跳ねたりする。柔道では外国人選手に多い。剣道はそんなことをすると技の効果が取り消しになるようだが、大相撲でもガッツポーズをする力士がいる。これが気に入らない」

「負けた相手が目の前にいるからでしょ」

この話は以前に聞いたことがある。生死をかけた勝負ならば相手は横たわっている。その前でのガッツポーズは不謹慎《ふきんしん》だ、と。

「みっともない、ということだ。勝ったのだから、誰が見たって嬉《うれ》しいに決まっている。拳を突き上げるのは論外だが、表情を緩めるだけでも見苦しい。喜びを外に出さないことが男のダンディズムだ」

うん、とうなずいた。

たしかに将棋の棋士で、勝って表情を崩すことはあまりない。むしろ勝ったほうが厳しい顔をする。テレビ放送でたまたま将棋対局を見たとき、勝負が終わって感想戦で言葉を交わす両者の顔を映していて、どちらが勝ったのかわからないときがあった。

「喜びの反対も一緒だ。悲しみだ。……友達を亡くして、剛が悲しいことはわかる。普通の顔をしていなさい。変に笑う必要もないが、悲しみを発散させてはいけない。それが男だ。泣いたりわめいたり、あるいは気丈に振る舞ったり。そういう真似は男には似合わん」

それだけ言うと、おやじは腰をあげた。

おやじの断言調《だんげんちょう》は返事を求めない。ときには、それがいいこともある。

おれはおやじの背中に目礼をした。

あれから一年と少し。おれは多摩川べりのアパートに一人でいる。

押入の上の棚に目をやった。手招きをされたような気がして。

立ち上がって冊子を取り出す。

表紙に『わたしから見た走水剛君』とある。文字は尚ちゃん先生が筆で書いてくれた。

原稿用紙の上下二か所を黒い紐《ひも》で綴《と》じてある。

おれはそっと、優一の書いた原稿用紙を開けた。

読み返すのは中三の夏以来。優一の書いた文字に触れるのが怖くて。

「タケルはバカだから、自分でこうと決めたら誰の意見も聞かないで、それで失敗して、みんなはゲラゲラ笑う。おれも笑った。

いつだったか、タケルが『オリンピックに出る』と言ったとき、みんなはゲラゲラ笑った。でもおれは笑わなかった。本気の顔をしてたもんな。本気で頑張ろうぜ。

それから、横須賀《よこすか》の穴子天ぷらが美味《うま》いって言ってたけど、タケルの話を聞いてたら食いたくなってしょうがない。いつか食いに行こうぜ。走って行こう。ここから横須賀まで、何キロあるのか、調べておくよ」

鉛筆書きの優一の文字に、涙がぽたぽたと落ちた。

ブレーキが外れたように、涙が溢れ出してきた。

四つん這《ば》いになって、声をあげて泣いた。

16

畳を拭いていると、外に人の気配がした。

華奢《きゃしゃ》な女が歩いてもみしみし鳴る忍者屋敷のような廊下だから、すぐにわかる。

アパートの二階に住んでいるのはおれを含めて二人。階段の入り口近くに美竹大の学生がいるだけだ。おれの部屋の奥には誰もいないから、前の廊下を通る人間はいない。

誰かがおれの部屋に近づいている。

時間は十時前。

こんなことは、今までになかった。

息を呑みこんで立ち上がった。

奈津だ。

この部屋にやってくるのは奈津しかいない。

おれはタオルで顔を拭き、布団を丸めて隅に押しやった。両手で顔を挟みつける。

息を殺していたら、ノックの音がした。

胸が打ち抜かれた。スタートのピストルを耳元で鳴らされたように。

金色の丸いノブが回ってドアが開く。鍵なんてかけていない。

おれは息を呑みこんだ。

「起きてたか」

部屋に入ったスーツ姿のオッサンを見て、おれは尻もちをついてしまった。

おやじ！

なんでおやじがやってくる。

「泊まるぞ。寒い。ストーブ、つけなさい」

「ストーブなんてないよ。っていうか、なんでいきなり来るんだよ。びっくりするじゃないか」

「家賃を払っているのはおれだ。なんの不都合がある」

おやじは部屋を見回し、なぜか満足げに口の端をあげた。

「座布団なんてしゃれたものはないようだな」

そう言って畳に腰を下ろす。

「電話くらいしてくれよ」

「携帯電話は嫌いだ」

「関係ないじゃん。おやじは公衆電話からでもなんでも、かければいいんだからさ」

「将棋会館からタクシーに乗ったら、案外近かった」

おやじと会うのは入学前以来だ。夏に優一の墓参りのために実家に帰ったときには、おやじは対局で東京に泊まっていた。

鋭い目つきも身体つきもまったく変わっていない。

おやじが白い息を吐いている。

「酒はないのか。寒くてかなわん」

「あるわけないだろう。じゃあ、コンビニで買ってくるよ。金、くれ」

「ばかもの。何時だと思ってる。子どもが出歩く時間じゃない」

もう子どもじゃないって。

すぐに寝るというから、敷き布団と掛け布団を貸した。おれは毛布にくるまった。

電球を消すと、おやじが話しかけてくる。

「監督は、どんな人間だ」

始まった。

おやじと久しぶりに会って、簡単に眠りにつけるわけがない。

あぶさんのことを簡単に話した。理屈っぽいこと。面倒見のいいこと。駅伝チームを率いる監督としてはかなりユニークだということ。部員たちに考えさせるようなミーティングが多いこと。全面的に誉《ほ》めておいた。

「なるほど。箱根駅伝はごまかしが利かない、か。さすがにいいことを言う。ラッキーパンチなどはない。そのへん、将棋に似ている。走者を的確に配置するのも、将棋に近い。それぞれの駒の能力を最大限に生かすのが将棋だからな。駅伝監督は棋士だな」

口調が満足げだ。話が将棋の方面に落ち着いた。

これで眠れるかと思ったら甘かった。質問攻撃はさらに続いた。

「監督はうるさく怒るのか」

「怒らない。でも細かくて理屈っぽい。そういった意味ではうるさいかな」

「大学野球部や相撲部やラグビー部の鬼監督のことを、選手たちは〝おやじ〟と言うだろう。なぜかわかるか」

「選手から慕《した》われてるからでしょ。厳しくて恐いけど。敬意を表してるんだ」

「なぜ〝おやじ〟と呼ぶ」

「うるさいからだ」

おやじがうるさいから、そう言ってしまった。

「そのとおりだ」

正解！　久々の質問攻めも案外悪くない。

おれは真冬の冷気の中でわくわくしてきた。

「うるさくなければ、おやじじゃない。運動部の鬼監督は部員のことを思うからこそうるさく説教する。なんでだ」

なんでだって言われても。答えは出てるじゃないか。子どもや部員を思うからこそ説教するんだろ。

「〝啐啄同時《そつたくどうじ》〟という言葉、知ってるか」

知らない、と答えた。

「〝啐〟が鳥の雛《ひな》が殻を破ろうとする瞬間で、中から小さな合図を送る。それを親鳥は見逃さずに、〝啄〟、つまりくちばしで殻を突いて手助けをしてやる。これが〝啐啄同時〟だ。つまり、最良のタイミングを見逃さないという姿勢だが、実際にはそんな悠長なことは言ってられない」

おれは腹筋を使って起き上がった。寝る間際の話にしては気合いが入りすぎている。

「タイミングもヘチマもない。常に殻を叩く。それがおやじの役目だ」

自己弁護じゃないか、と思ったが黙って聞いた。

「いずれはわかる、などとのんびり構えていては手遅れだ。箱根駅伝を目指す選手が、大学卒業後に開眼しても遅い。物事にはタイミングがある。だからおやじは説教する。説教のインフレ状態になるのは当たり前だ」

インフレとはうまいことを言う。小言が多すぎて、せっかくの説教の価値が下がる。でも、聞き流してはいけないんだな、と思う。

「人間の脳は必ずサボるから、おやじは同じ内容をさまざまな表現で繰り返す。だから決して受け流してはいけない。しっかりと監督の言葉を玩味《がんみ》しろ」

天井に向かって返事をした。

おやじはやっぱりすごい。

今の話、全部あぶさんのことを言っている。自己弁護じゃないんだ。

自分こそが説教の配給王だとはこれっぽっちも思っていないんだ。

おれは嬉しくなって闇に息を吐いた。

しばらく沈黙が続いたから、おれも聞きたいことを聞いた。

「将棋の、順位戦って言うんだっけ。戦績は、どうなの」

返事はない。

返事を待っていると穏やかな寝息が聞こえてきた。おやじの呼吸に合わせて息を出し入れするうちに、おれの意識も遠ざかっていった。

17

氷の飛礫《つぶて》を投げつけられるような師走の風。そいつが年が改まった途端に丸くなった。
一月二日。暖かく、穏やかに晴れた。
箱根駅伝だ。
晴天だが湿度がある。風も弱い。

1区森下
2区樺
3区伊香内
4区若命
5区三十万
6区相生
7区仲根

8区新井
9区小林
10区平

相生は山下りの6区を走る。

おれは5区で三十万先輩のサポートを務める。

小田原中継所から九・五キロの大平台《おおひらだい》の給水ポイントだ。箱根の山を上ってくる三十万先輩に力水をつける。

大手町《おおてまち》で森下さんのスタートを見届け、新幹線で小田原に出た。箱根登山鉄道はぎゅうぎゅう詰《づ》めで、乗り込むのに躊躇《ちゅうちょ》した。三十万先輩が大平台にやってくるまで時間があるから、小田原から走ろうかとも思ったけど、誰も走っていない5区のコースを、おれごときが先走するわけにはいかない。

電車はめちゃくちゃに混んでいたものの、大学の上下ウインドブレーカーを着ているせいか、みなが身体を寄せてスペースを作ってくれた。

小田原では穏やかだった空気が、箱根の山中では冷え込んでいた。

寒さの中でじっと待つ。それが案外悪くない。他校のサポートたちはワンセグで中継を見ているが、おれにはそんなものは要らない。若命さんから三十万先輩に襷が渡ると、小田原中継所に詰めているサポート部員から連絡がある。そこからターコイズブルーのユニフォームを待てばいい。

連絡がきた。三十万先輩、十一位通過。ここまで約四十分。おれは右手の拳に力を入れて待った。

三十万先輩、しっかりと脚を出して、一刻も早く来てください。

おれは両手を合わせて祈った。

考える時間がたっぷりある。

5区の山上りのコースは映像でもバスの試走でも何度も見たけど、そのたびに童話の『うさぎとかめ』を思い浮かべた。おれの持っていた絵本の絵はゴールが小高い山の上で、そこまでの道が蛇行《だこう》していた。あの話も山上りなんだ。

陸上関係者ならば気になる童話のようだ。夏合宿の夕食のとき、おれたちは真根センと同じテーブルになった。そのとき「うさぎとかめ、ってあるだろ」と聞かれた。おれや曲木、岩井、貫、伊地は同時にうなずいた。

「あれ、どういう話だと思う？」

「コツコツやるかめが最後には勝つっちゅう、いかにも日本人好みの話でっしゃろ」

「まあ、そうだよね。ところが、あぶさんはこう言ったんだ。『うさぎは間違ったって話だ』ってね」

「そりゃ、そういうことも込みなんやないですか。うさぎが愚《おろ》かで、かめが勤勉」

「いや。ちょっと違う。あぶさんにはかめの姿はまったく見えてない。あぶさんにかかると、童話のタイトルは『愚かなうさぎ』ってところだろうね」

意味がよくわからなかった。

「うさぎは愚か。それ以外に考えられない。速い者は一気に勝負をつけるのが鉄則だ。うさぎはゴールを切ってから昼寝するべきだった。かめの勤勉さ、着実さを誉めるなんておかしい。みなが大きな勘違いをしているって」

「それが長距離走と、どう結びつくんですか」

「わたしの深読みだけどね。勤勉なかめというのは、拙速《せっそく》の反対でしょう。コツコツと努力して粘り強く前進すると。そう考えると、うさぎというのは拙速そのものということになる。でも、ロードレースはタイムを競うんだから、スピードが大事だ。拙速を恐がるな、ってことじゃないかな」

わかったようで、よくわからない。

「うさぎが勤勉に努力したうえで、一気に勝負をつける。これが長距離走じゃないかな」

「でも、それやと、童話にならへんでしょう」

「あの童話を読んで、あぶさんのような発想ができる人間はどれだけいるかな？　この話は一例でね。発想が普通とはちょっと違うんだよ。面白いのはね、箱根駅伝のとらえかただ」

「箱根駅伝のとらえかた？」

曲木が真根センの言葉尻を繰り返す。驚いた様子がおかしく、話し手を乗せる聞き返し方だ。

「箱根駅伝という歴史ある競走が、まだまだ未熟で未完成だと思っている。戦い方の王道なんてない、ってことだね」

真根センは息を呑みこみ、話を続けた。

「たとえば、チーム内で一万メートルのタイムのベストテンを1区から10区に配することが最善とは限らない。もしそれで勝負が決まるなら、監督は苦労しないよね。各区間にしても、起用法の一応のセオリーはあるけど、最善の走り方、戦い方が確立してるわけじゃない」

「気温とか風向きとか、一定やないですからね」

「正解なんてない。その中で最高の戦い方を模索してるんだ。自分は伝統的で厳しい練習を経験してきてるのに、それがベストだとは思ってない」

あぶさんは強豪・美竹大ＯＢで、三年四年と箱根を走った。四年のときには2区を走り、チームは総合優勝している。

「特にチームづくりにユニークさが見て取れる。いいチームを作るのは難しい。でも、悪いチームを作るのは簡単なんだよ。どうすればいいと思う？　タケル」

名指しされたから、三秒ほど真剣に考えて、「監督が悪くなること」と答えた。真根センは「ははは、ナイスだね」と笑った。

「絶対的エースに頼ること。こういうチームは、まずだめだ。箱根を走るためには、十人の走者だけではなく、チーム全員の力が必要だよね。ところが絶対的エースがいると、どうしても彼に頼る雰囲気ができてしまう。それがチームを弱くする」

「せやけど、どの大学でも高校のエース級を入れるやないですか。うちだって」

同期では相生、田中、栗上だ。

「つまり、エースの資質にかかっている。あぶさんが見るのはタイムじゃない。性格だよ」

「性格？」

「エースが威張ってお山の大将になってしまう。そういうエースは謙虚さが欠けるから練習をサボる。エースがサボっていてはだめだよね。だからうちは、謙虚で性格のいいエースばかりを選んでくる。これが、なかなか大変なんだけどね」

面白い。四年生では樺さん、森下さんがそうだ。三年では若命さん、三十万先輩。

みんな真面目で優しくて謙虚な先輩ばかりだ。

「それに、強豪高校出身者は、大学に入るまでに心がすり減っていることもあるんだ。ここが難しい。性格はいいんだけど、競争にさらされ過ぎてね」

一年生の場合……田中と栗上は、謙虚で性格がいいとは言えないような。しかしそれほど心はすり減っていなさそうだ。その点、相生は全部クリアーしているのかもしれない。能天気過ぎるくらいに性格はいいし、自慢話もほとんどしない。すり減るような繊細な心なんて持ち合わせていないんじゃないか。

「うちは推薦じゃない一般生を大事にするだろ。あぶさんにそういう哲学があるからだ。自分はガチガチの強豪出身なのに、経験してきたチームとはまったく違うチームを作ろうとしている。そこが素晴らしいよね」

「具体的に、だめなチームってどこですか？」

おれは思わず聞いた。

「わたしの口からは言えないよ」

「オレンジ色の？」

「カマをかけるのは、やめなさい」

そんな話をしたことを、勝負の最中に思い出す。

三十万先輩は、謙虚で性格が良くて、とびきり勤勉なうさぎなんだ。

ときおり、びゅうと風が吹き下ろしてくるけど、寒くもなんともない。

仲間を信じて待つ。それが駅伝だ。おれがそう定義した。

今のおれは襷を受け取るわけじゃないけど、三十万先輩を信じて待つことには変わりない。

周囲が騒がしくなった。先頭走者が坂を上ってきた。大仰《おおぎょう》な先導車に続いて紺のユニフォームが見える。

おれはストップウォッチに手をかけた。役目は給水だけじゃない。給水地点での先頭との差、すぐ前の走者との差を三十万先輩に伝えるんだ。

トップの美竹大走者が通過すると、周囲の観客にスイッチが入り、さっきまでとは打って変わって賑《にぎ》やかになる。旗が振られ、観衆が携帯電話やカメラを構えだす。

二番目の武州体育大がやってきた。上ってくる力感が素晴らしい。トップの美竹大よりもスピードがある。定点で見ているとランナーのスピードの差がはっきりわかる。

続いて三番手の文英大が通過した。

三十万先輩をおれは待っている。だけど、どの大学の走者を見ても胸が熱くなる。心から声援を送りたくなる。

おれは沿道で旗を振る駅伝ファンじゃない。箱根駅伝を戦っている修学院大の一員なのに。まさか「駅伝仲間はみな兄弟！」なんてことじゃないよな——と自問してみる。感動の理由はわからないけど、こう思った。

他校の選手の走りを見てこれだけ胸が熱くなる。ならば三十万先輩がやってきたときにはどうなるのか。

さらに五人の走者が通過し、九番目にオレンジのユニフォームが走ってきた。橙大だ。あぶさんが毛嫌いする大学——いや、橙大の選手に恨みはない。橙大の水野監督と仲が悪いだけだ。夏合宿で見たガキの喧嘩《けんか》のような言い合いにはびっくりした。監督同士は大会記録会ではしょっちゅう顔を合わせるわけだけど、現場であぶさんの様子が豹変《ひょうへん》することが何度もあった。穏やかなまなざしが鋭くなり、眉の端が吊り上がる。水野監督の姿が目に入るとこうなるらしい。そのわけを真根センに聞いた。

「まさに水と油なんだ」と真根センはうんざりした様子で鼻の穴をひろげた。

美竹大入学時から、鎬《しのぎ》を削るライバルだったらしい。四年時、キャプテンを水野監督が務めた。しかし各校のエースが揃う〝花の2区〟はあぶさんが走った。水野監督は3区。襷をつないだ仲なのに。

「互いが実力を伸ばしていくようないいライバルだった。四年間、ともに練習で汗を流し、同じ湯槽に入り、同じ釜のメシを喰って、箱根路を走った。鉄壁の関係だよ。しかし、鉄壁にもひびが入ることがある。女性だな。通俗的だけど」

一人の女を巡って、あぶさんと水野監督はデッドヒートを繰り広げたという。勝ったのはあぶさんだった。つまり、あぶさんの元奥さんだ。奥さんの話は——入部してすぐに真根センから聞いている。ひょっとすると、あぶさんと奥さんの離婚の陰には、水野監督の存在がくすぶっていたのかも……。そこまでは真根センも知らないと言った。

そんなことを思い出していると、走者が三人、固まってやってくる。

前にいるのは——ターコイズブルーのユニフォーム！

全身の血が沸騰する——。

「三十万先輩！」

おれは怒鳴った。

ここまで二百メートルほどもあるけど、苦しそうな顔がわかる。

橙大とのタイム差だけを伝える。必死に坂を走り上っている人間にあれこれ言ったってだめだ。

三十万先輩の後方には黒ユニフォームと白ユニフォームがついている。三十万先輩がきた。タイムを確認して、おれはボトルを差し出しながら三十万先輩に走り寄った。

三十万先輩が水を一口。苦しそうに顔が歪む。走りながら水を飲むのはコツがいる。脚を出すことに集中し、水に気を取られてはいけない。だが水を欲しがるほうが動物の本能だからそうもいかない。三十万先輩の給水は模範的で、スピードも落とさずリズムも狂わず、ボトルの水を飲み切った。

「いいですよ先輩。腕、振れてますよ。ひとつ前とは一分五十秒差です。いけます、いけます。ファイトです。ガッツです。根性です」

それを一気に言うと、おれは脚の運びをゆるめて三十万先輩の背中を見送った。

最寄りの駅まで走り、駅前に設置された大型ハイビジョンで三十万先輩のゴールを確認した。

往路、十位。

三十万先輩は橙大との差を一分も詰めたものの、抜き去るまでには至らなかった。

だけど、頑張った。

三十万先輩。区間五位の好走だ。

おれはぎゅうぎゅう詰めの電車にガッツで乗りこんだ。電車からはじき出されると全力で走った。三十万先輩に声をかけるために。

18

ナイスファイト、ナイスガッツ、ナイス根性。

おれがそう言うと、「全部一緒じゃないか」って三十万先輩は笑った。それしか出てこなかった。


一月三日もナイスな快晴だ。

復路にもミッションがある。初日の夜は6区の相生やあぶさん、他のサポート部員たちと芦ノ湖《あしのこ》に泊まり、午前二時には起床してあれこれと準備を手伝い、小田原中継所で6区と7区走者のサポートをする。

7区走者の仲根さんのストレッチに付き合ったりしながら、モニターで6区の相生の走りを見た。

百六十センチの小柄な身体が、弾《はじ》けるように坂を下ってくる。

素晴らしい走りだ。力感が──いつにもましてすごい。

ぶるぶると身体が震えた。まったく物怖《ものお》じすることのない、堂々とした走りだ。

相生、よく頑張った。よく頑張って箱根まできた。

親しくもなんともなかったけど、これもなにかの縁だ。中学時代の相生はいじめっ子の陰に隠れてちょろちょろしていた。でも憎めないやつだった。

強烈な思い出がある。

中学一年のとき。相生はクラスの男子の出席番号1番だった。勉強がまったくできず、百点満点で零点とか五点とか恐ろしい点数を平気で取るから、先生たちは呆《あき》れ果てていた。おれは今でも女性の英語教師（大学を出たばかりの、一所懸命な先生だった）の表情を覚えている。期末試験で零点を取った相生を前にして、唇を震わせて涙ぐんだ。「どうしてこんな悪魔のような点数が取れるの？」って顔だった。それを見た相生が「センセ、くよくよすんなよ。そのうちいいことあるって」と励まし、クラス中が爆笑した。バカにされたと思ったのか、先生は教室から走り去ってしまった。小学生にでもできるような問題でもペケを喰らうから、「腹を立てる気にもなれない」と数学のベテラン先生が言った。泣くか呆れるか放置するか。先生の反応はそんなものだった。

一人だけ、ちがう先生がいた。技術科の矢名《やな》徹雄《てつお》だ。

授業でノギスの扱いを学んだ。ノギスは物の長さを百分の五ミリメートル単位まで測る測定器だ。測定物を挟み、示された本尺と副尺を計算して物の長さを測る。「技術科の要《よう》諦《てい》は、ノギスの測定法を理解することだ」というのが矢名のポリシーで、きびしく仕込まれた。小数点以下の計算は案外間違えやすい。

「わずかな読み違いが致命的なミスにつながる。それを肝に銘じるんだ」

矢名は静かに言い、木の棒で教壇の机をひっぱたいた。いつでも右手に太い桜の棒を持っていて、それで自分の肩をトントンと叩きながら授業をする。ときおり机や壁、黒板の桟《さん》などをバコンとぶっ叩く。恐ろしいのは、それで生徒の尻も叩くことだった。

授業中の居眠り程度ならば机を叩く威嚇《いかく》音くらいで済むが、授業中に英語や数学の〝内職〟をしたりすると立たされて尻に桜の棒を喰らう。腰が砕けるほどメチャクチャに痛く、一週間は尻の痣《あざ》が消えない。立派な体罰なのになぜ問題にならなかったのだろう。

矢名がおっかないのは、大声をあげたり、わめき散らしたりと、感情を露《あらわ》にしないことだ。目を細めて黙って桜の棒を振り上げる。薄ら笑いさえ浮かべていた。今、思い出しても背筋に緊張が走る。

期末試験の直前の授業で、「取り引きしよう」と矢名は言った。

「試験の内容を一部教える。ノギスの測定を二問出す。一問十点の大サービスだ。もし、こいつを間違えたら〝ケツ桜〟だ。一問間違えたら一発。よもや二問間違えるとは思えないが、二問落としたら累加ペナルティで三発だ」

教室が凍りついたように静かになった。ノギスの測定は、落ち着いて目盛りを読み込めば難しいことはない。それでも小数点以下を書き違えたりすることがある。試験の雰囲気の中、強烈なペナルティを喰らうプレッシャーを感じながらとなると……。

それで試験前、おれはノギスの測定だけを真剣に勉強した。相生ももちろんそうで、秀才の机にへばりついてレクチャーを受けていた。

試験後、答案が戻ってきた。矢名は眉間《みけん》に皺を寄せ、「あれほど言ったのに」と呪文《じゅもん》をつぶやくようにして教室に入ってきた。

「おまえらの頭に入ってるのは豆腐か。採点していて何度も卒倒しそうになったよ。なんだこの点数は。0、45、37、28……」

いきなり試験の点数を出席簿順に読み上げた。その瞬間、相生は頭を抱えて机に突っ伏した。出席番号1番だから「0」と始まれば自分が0点に決まっている。0点がショックなのではない。ノギス測定問題は二問ともペケでケツ桜を三発喰らう。それで頭を抱えてしまった。ばかだなあ、とおれは呆れていたが、返された答案を見て、おれも頭を抱えた。ノギス問題をひとつ間違えていた。小数点以下3位は切り上げ、と問題文にあったのに、四捨五入してしまった！

一問ないし二問間違えた生徒は技術室の教壇の前に立たされ、まるで布団叩きのように桜の棒を喰らい、みんなが膝《ひざ》から崩れ落ちていった。

おれたちは涙を流しながら中腰で矢名の説教を聞いた。あれを喰らうと、悲しくもないのに涙が出る。そして椅子に座れないほど尻が痛いから中腰を余儀《よぎ》なくされる。

「絶対に間違えてはいけないことがある。火や刃物を使うとき。お金を扱うとき。将来、おまえらは車の免許を取ることもあるだろうが、車の運転で間違ったことをすると命に関わる。最近じゃ、スマホ片手に下を向きながら運転するばかもいる。冗談じゃない。人のいるところに突っ込んだら、他人様《ひとさま》の命まで奪うことになるんだ。おれはおまえらに、殺人者になってもらいたくない」

矢名は恐ろしいことを言って、桜の棒で教壇の角をひっぱたいた。バコッと重い音がして、おれたちは震え上がった。話がものすごく飛躍してるけど、〝ケツ桜〟を喰らった後だし、矢名の静かな迫力の前では黙って聞くしかなかった。

「薬だって、量を間違えると命に関わる。犯罪なんかも、間違いを犯すという意味ではまさにそうだ。友達にかける言葉ひとつとってみても、心を傷つけることは絶対に言ってはいけない。百点取れなくてもいい。大事なことだけでも、きちっとできるようにしなきゃいかん。そこで、これから卒業まで、ノギスの問題を二問、必ず出すことにする」

矢名が宣言したとき、相生が頭をあげ、信じられない物を見たというような惚《ほう》けた顔をした。

さらにその後がある。クラス全員がノギス問題で間違わなくなったと思ったら、授業が進んで「マイクロメーター」という、ノギスのさらに上を行く精密測定器が登場した。

「勘弁してください」と相生が泣きそうになったとき、さすがに矢名も苦笑し、クラス中が爆笑した。もちろん矢名は勘弁なんかしてくれず、試験にはノギス二問、マイクロメーター二問が出ることになった。

横須賀の中学も悪いことばかりじゃなかった。教員や部活の先輩の体罰とやらが問題になっているようだが、矢名は間違っていない。当時は「矢名、やなヤツ」とみなから言われていたけど、いい先生だった。間違いを犯すか犯さないか、その瞬間の経験はないけど、もしそれが訪れるとしたら尻の痛みが蘇《よみがえ》ってくるような気がして。

高校三年の夏、優一は自転車のブレーキをかけずに、全速力で交差点に入っていった。絶対に注意しなければいけないことを怠《おこた》ってしまったんだ。優一が尻に〝ケツ桜〟を喰らっていれば……。

はっと我に返ると、相生がモニターに映っている。三メートル前にオレンジのユニフォーム。

行け！　おれは思わず叫んだ。

気合いが通じたのか、相生がすっとオレンジ色を抜き去った。もう一人抜けるぞ。いいぞ、相生！

期待どおり、相生はもう一人抜き、八番目に中継所に駆け込んできた。

仲根さんが諸手《もろて》を挙げて相生を迎え、ターコイズブルーの襷をつかんで勇躍《ゆうやく》、コースへ走り出ていった。

おれは相生の背中にロングコートをかぶせ、「ナイス、ナイス、素晴らしい走りだ」と声をかけた。相生は「もっといけた、もっといけた」と息と一緒に声を吐き出す。

「すげえ走りだった。胸が震えたぜ」

自然と言葉が出てくる。相生はうんうんとうなずいている。

水分補給をし、クールダウンに付き合った。日が強くなり、ずいぶんと暖かくなってきた。相生は日を浴びながら全身を伸ばしている。トラック練習の後のようにさっぱりとした表情だ。山下りの足腰へのダメージなど微塵《みじん》も感じさせない潑剌《はつらつ》さだった。

「走ってるとき、何を考えてるんだ」

「何も考えてない。コース取りのことだけ」

下りの勢いを殺さず、カーブで膨らまずに最短距離を走る6区のコース取りだ。頭ではわかっていても、走者のセンスが求められる——とあぶさんが言っていた。相生にはセンスが溢れている。

「下りきったら？　何を考えて走ってた」

「何も考えてないよ。吐く息と吸う息に集中してさ」

「あっという間の一時間ってことか」

そうだ、と相生は言った。

「タケル、おれの頭が空《から》っぽって言いたいんだろう」

おれは即座に首を横に振った。相生は穏やかに笑っている。

「ほんとうに空っぽだからな。おれみたいなやつが、こうやって箱根を走るなんて、自分でも信じられないんだ」

「そりゃ、勉強はできなかったけど、そんなもん、どうでもいいことじゃないか。今、相生はすごい走りを日本中に見せたんだ」

「日本中か。そんなこと、考えもしなかった。じゃあ、矢名先生も見てくれたかな」

おれは口を開けた。ずっと考えていたことだ。

「タケルは覚えてないと思うけどさ。二中のさ。技術の矢名だよ」

「もちろん覚えてるさ。ケツ桜、痛かったもんな」

相生が嬉しそうな顔をして笑った。

「矢名、中学辞めちゃったらしいぜ」

相生には中学生の従兄弟がいて、地元の事情を知っているという。

「転勤?」

「わかんないけど、二中にはいないよ。やっぱり問題になったんだよ。親が学校に乗り込んできてさ」

ケツ桜は本当に痛かった。今どきのモンスターペアレンツじゃなくたって文句のひとつも言いたくなる。しかし矢名ならば、親の抗議なんかには一切耳を貸さないんじゃないか。

強烈な信念があるんだから。

中学を辞めたということは、桜の棒を置いたってことだ。

「ケツ桜じゃなかったんだ。授業中にスマホをいじってたヤツがいて。それを見つけた矢名が、桜の棒でそいつの頭を殴ったんだよ」

あの棒で頭を！　それはひどい！　暴行じゃないか。

だけど東からの明るい陽光のせいか、大声で笑ってしまった。相生も笑う。

「それで二中にいられなくなったんじゃね。いい先生だったんだけどな」

ケツ桜を一番喰らったのは相生だ。連打されて床に崩れ落ちたこともあった。その相生の口から「いい先生だった」なんて言葉が出ると、しみじみとしてくる。

「矢名もきっと駅伝を見てるよ。最高の恩返しだぜ。相生は歴代ケツ桜記録保持者だろ」

相生の顔から笑みが消えた。

「さっきのタケルの質問だけどさ。ほんとうは矢名のことを考えて走ってたんだ。平らになったところで、矢名の顔が浮かんできてさ」

そうか――。おれは黙ってうなずいた。

ほんとうに矢名先生が駅伝中継を見ていてくれれば。

「びっくりした。いきなり思い出したんだ。今まで、ずっと何年も忘れてたのに。それこそ中学卒業以来だ。それなのに、さっきおれの頭に現われた。タケルにはそういうことっ

よ」
「なんだか知らないけど、桜の棒を持って追いかけてくるんだよ。おれは必死で逃げた
「……ありそうな気がする。一番大事なときに矢名が出たんだな」
てあるか」

最後の走者が中継所を通過した。観衆が移動し始めた。おれたちは待機所を撤収して小田原駅に向かった。ゴールでアンカーの平さんを待つ。

大学で相生と再会して、初めてこんなに話した。しかも話題は矢名先生のケツ桜だ。

ふっと道路に影が差した。矢名は当時四十歳。今は四十六歳くらいだ。

まさか、死んじゃいないよな。男の厄年を過ぎてはいるけど……。

「タケル、ケツ桜、トータルで何発喰らった？」

「三発。痣が一週間は消えないんだ。ケツに一直線の黒痣」

「たったの三発か。おれなんて二十二発だぜ。この差だよ」

なにが、この差だ。

「ちょっと思ったんだけど。大学に入ってタケルの顔を見て、中学の思い出のスイッチが入ったんだよきっと。それがさっき、爆発したのかもね」

相生とおれの会話も爆発した。

今まで妙な距離感があってまともに話さなかったのに、相生は顔を上気させて言葉を浴

びせてくる。おれも似たような顔をしているんだろう。おれはサポートだけど、相生がつないできた襷をたしかに受け取ったんだ。

「その場面だけどさ。矢名も、箱根の山を下ってきたのか」

「いや、馬堀《まぼり》海岸の直線が見えたんだ。そこに矢名が出てきてさ。桜の棒を片手に追いかけてくるんだ」

話は尽きない。ケツ桜話の続きは新幹線の中だ。

19

総合順位、十位！

シード権は確保したが、あぶさんの表情はきびしかった。相生の好走で八位に順位を上げたものの、8区の難所、遊行寺坂《ゆぎょうじ》で橙大の走者に抜かれてしまった。オレンジ軍団に逆転されたことが痛恨なんだろう。

合宿所に戻ったころにはあぶさんも饒舌《じょうぜつ》になっていた。一年間の頑張りが実を結んだんだ。

箱根駅伝が終わると、事実上四年生は勇退する。だからまだ進級していないのに、それぞれひとつ上の学年になった自覚が生まれる。おれも二年生だ。

ここまで、あっという間だった。

二月、おれは合宿所に入った。

なにが嬉しいといって、合宿所に入れることほど嬉しいことはない。一年浪人して晴れて合格したような心持ちだ。

一年で合宿所入りから漏れたとき、「二年になったら必ず合宿所に入る」と決めた。それを実現させたことが愉快でしかたない。

早春のむずむずする空気に、四十人の定員に入れたという喜びが寄り添う。

新四年生十一人、三年十三人は全員入寮した。二年生十三人、そして推薦で入ってくる一年生三人が合宿所に入る。合計四十名だ。

新二年生も全員合宿所入りすることになった。

同期が二人、部を去った。のっぺりとした無表情の〝豆腐コンビ〟田中一斉と栗上智也だ。

入部当初、記録上位だった二人だ。

箱根駅伝が終わり、退部届けを出し、微風のように合宿所から消えた。

おれたちにはあいさつ抜きだった。理由など知ったこっちゃないが、合宿所は狭いからイヤでも耳に入ってくる。二人とも足のケガと、エントリー落ちの失意ということらしい。

ケガならじっくり治せばいいし、エントリーされずに悔しい思いをした部員は大勢いる。一年生エントリーは相生だけじゃないか。悔しさに折り合いはつくはずだ。一年間で見切りをつける理由がまったくわからない。

それで、何でも知っている真根センに聞いてみた。

「まあ、いつかも話したけど、心がすり減っていたのかもしれない。ありがちなケースなんだけどね。二人とも、高校時代にはエース級だったわけだよ。そういう者は案外すぐに辞めてしまう。プライドが折れてしまったとき、立ち直れないのかもしれないな。そういう者に限って、チーム選びを間違えた、とか言うんだよね」

部を辞めるという選択肢があることが、おれには不思議でならない。部を辞めると、桜吹雪を顔に受けて気合いを入れたときの自分が消えてしまう——と思うから。走らなくなったときの自分を想像するのが恐いのかも。

思い返せば、入学当初に「2・6・2の法則」とかなんとか、わけ知り顔で話していたのが田中と栗上だった。口には出さなかったけど、田中一斉の名前は「一斉スタート」を彷彿《ほうふつ》させ、「栗上」は「くりあげ」とも読めるから、どちらも駅伝ではめちゃくちゃに縁起が悪い。チームにツキが巡ってきたと思うことにした。

〝ぼろい下宿〟を引き払うことになった。十か月しか住んでいなかったとはいえ、思い出が詰まっている。眠ってばかりの四畳半だったけど……。

引き払うとき、徹底的に部屋を掃除した。と言っても十五分もかからない。褪《あ》せた色の畳を雑巾《ぞうきん》掛けし、壁と窓と裸電球を拭けば終わり。おれは裸電球に「世話になった」と礼を言って部屋を出た。

大事なものは『わたしから見た走水剛君』の冊子だけ。荷物が少ないから引っ越しもらくでいい。

合宿所の部屋は三階の３０３号室。三十万先輩と同部屋だ。

三十万先輩の5区の力走を目の当たりにした。サポートに回った縁がある。あぶさんのことだから……部屋割りにもなにかしらの意味があるのかもしれない。

学年が違う二人が同室になる場合、二段ベッドの上段を上級生が使う。しかし三十万先輩は下段に自分の布団を敷いたままだ。左膝のケガ持ちで、二段ベッドのはしご昇降が苦手なんだ。「特に夜中、ションベンに行くとき、難儀《なんぎ》するんだよ」と言う。

三十万先輩はいびきもかかず、スマホも見ず、部屋では陸上雑誌や文庫本を読んでいるか寝ているか。あまりしゃべりかけてこない。筋トレやストレッチは大広間でやるから、部屋は寝るためだけの場所になる。こうしてみると、合宿所もぼろい下宿もたいして変わらない。

相部屋は下級生が気を遣うのが筋だ。窮屈《きゆうくつ》だと思ったが、まったくの杞憂《きゆう》だった。

ただし、引っ越し初日、突然、どきりとすることを言われた。

ベッドに潜り込むと、下から声が上がってきた。

「走水龍治《りゆうじ》八段、親父《おやじ》さんだろ」

いきなりおやじのフルネームが出てきて、おれはベッドのフレームに頭をぶつけた。

「タケルは天才の息子なんだな」

おやじがプロ棋士だなんて誰にも言っていない。あぶさんは知っているけど。しかしあぶさんこそ余計なことを言うタイプじゃない。なぜ、三十万先輩は知っているのか。おれははしごを下りて床に胡坐をかいた。

「おれ、将棋好きでさ。ずいぶん前のインタビュー記事で、息子が長距離走をやってるって載っててね、ひょっとしたらって思ったんだ」

「インタビューですか。あのヘンクツに」

三十万先輩は上体を起こした。

「なに言ってるんだ。走水龍治のファンは多いんだぞ。おれもその一人だ。将棋の話をしているうちにやりたくなった。ちょっと一局、指そうか」

折り畳みの将棋盤があるという。将棋はできないと断ると、滅多に表情の動かない三十万先輩が目を丸くした。プロ棋士の息子がルールもろくに知らない。

おやじの干渉を嫌って将棋を覚えなかったいきさつを話すと、三十万先輩は大げさに感心した。「やっぱり、天才の息子はどこかが違うな」などと言って顔を上下させる。

もっとおやじのことを聞かせろというから、横須賀から南上州へ引っ越した経緯を話した。

中学生のときに南上州へ一人で転校したおれの後を追いかけるようにして、おやじたちも引っ越してきた。母さんの実家の近くに一軒家を借りて、みんなで住むことになった。

おやじが勝手に決めた。

プロ棋士には通勤の必要がなく、好きな場所に住める。南上州は対局で都心へ出向くにも便利で、新幹線や関越自動車道を使えば思ったほど時間はかからない。

それはそれでいいけど、引っ越すと家族に宣言してから横須賀のマンションに引っ越し屋がやってくるまで三日とかからなかった。とにかく決断が早く、躊躇というものがない。方針が決まれば行動は大胆になる。でもおやじは方針を決めるのが早すぎるんだ。将棋の対局を見ていると、何時間もかけて手を読み、決断の一手を指すことが常のはずだけど、将棋以外のおやじの行動はすべて即断即決だ。

引っ越しの理由は、はっきりしていた。

当時、将は小学五年生。クラスでいじめに遭っているという。それを聞いたおやじは、「引っ越すぞ」と言った。加害者の特定、いじめの具体的内容や原因の追及、担任との話し合いなどは一切なし。「そんな学校にいる必要はない。だめなら替えればいいだけの話だ」と宣言し、とんとんと話を進めてしまった。進級してクラスや担任が変われば取り巻く情況も変わる、だから辛抱《しんぼう》しろ——などとはまるで考えない。

「森に害虫がいるように、学校にもクズはいる。関係を良い方向に、などと考える必要はない。時間の無駄だ。害虫がいる森ならば、そこから出ればいい。そういう悪魔と対峙《たいじ》したとき、人間以外の動物は必ず逃げる。逃げられないときにだけ仕方なく戦う。ファイト・オア・フライトの状況で、自らファイトを選ぶのは人間だけだ。逃げるのが本筋で、恥じることなどない。そういう悪魔は放っておけば勝手に自滅する。天罰が下る」

そう言ったのだった。

一手指せば、過去の選択肢を振り返る意味はない。そんな棋士の論理のせいなのかどうか、転校と決めてしまえばいじめの原因など聞く必要もない。

でも、後から将にほんとうの事情を聞いて、おれは仰天《ぎょうてん》した。いじめじゃなかった。将と友達の衝突の原因は、当のおやじだったのだ。

おやじは最上位のA級に上り詰めた棋士だけど、今はB級1組というクラスに所属している。若手の台頭が著しい世界で、厳しい戦いを強いられているらしい。タイトルには縁がないものの、歯に衣着せぬ物言いにファンは多く、テレビ対局の解説にお呼びがかかることがあった（それで、テレビ局で働いていた母さんと出会ったらしい）。

その放送でアシスタントの女流棋士が笑い出してしまうほどの迷解説をした。プロの対局は常に一手差になる際どい勝負だから、解説者は断定を避け、こちらが有利だ、あちらが勝勢だとは言わない。棋士の語彙《ごい》は豊富で、柔らかい言葉を使って局面の情勢を巧みに伝える。

ところがおやじの使う言葉のほとんどが断言調だ。「この一手で、〇〇七段が勝ちました」と断じる。おやじにしてみれば、解説者が口にする「いい勝負です」「互角です」というのは卑怯《ひきょう》な棚上げ論法で、局面は必ずどちらかが有利になっている。おやじはそれを断じ、しかし数手後に逆転すると、「これで××六段の勝ちです」と前言を翻《ひるがえ》す。数分前に自分が吐いた言葉などなかったかのように平然と解説を続ける。悪いことにその対局は稀《まれ》に見る逆転逆転のシーソーゲームで、局面が変わるたびにおやじの断定が炸裂《さくれつ》し、とうとうアシスタントが吹き出してしまったのだった。

放送の翌日、将はクラスの男子に、「お前のオヤジって大ウソつきだな。おれの父さん、ゲラゲラ笑ってたぜ。将棋番組で笑ったのは初めてだって」とばかにされ、将はそいつに頭突きをかました。「父さんはウソつきじゃない！　天才なんだ。それがわからないおまえのオヤジのほうがバカだ！」と反撃してつかみ合いになった。将もおやじ譲りで弁が立つ。それ以来、将はクラスで浮いた存在になってしまった。

こういうのはいじめとは言わないだろう。将はちっとも悪くない。父親のことをばかにされ、拳を振り上げない男がいたら、そっちのほうがよっぽど腑抜《ふぬ》けで卑怯だ。ただし、おやじのことだから、たとえ正しい理由を聞かされても、「友達の父親の渾身《こんしん》の仕事を笑うようなクズとは、同じ空気を吸う必要はない」と断じたに決まっている。

そういった事情で、また家族四人で暮らすことになった。おれにとって、そのタイミングも悪くなかった。南上州で長距離走の面白さに目覚めたせいか、多少は成長したようで、以前のようにおやじと衝突することもなくなった。

なんであんなおやじと結婚したんだ、おやじのどこがいいんだと、直球どまんなかの質問を母さんにぶつけたことがあった。すると母さんは三秒くらい考えて、「前しか見てないことかな」と言った。「決断が早くて、決めたあとで絶対に後悔しないところ。ああやれば良かったなんて、愚痴を聞いたことがない。グズグズと煮え切らない男って案外多いから」と言うんだ。おやじはどんなプロポーズをしたのか。さすがにそこまでは聞けなかった。断言調炸裂の口説き文句だったのかどうなのか、少し気になる。

長々と話をしてしまった。三十万先輩が嬉しそうな顔をして「うんうん。それで？」って相づちを重ねるせいだ。

今度は、おれが話を聞く番だ。

「将棋のことはいいから、箱根の山上りのことを聞かせてください。なんか、サポートしてて、他校の走者の姿を見て感動して、チームで争ってるってことを忘れちゃったんですよ。通り過ぎる走者全員を応援したくなっちゃって。平地ではそんなことは思わないでしょう」

「走っているほうは必死だから、どの区間も変わらないけどね」

「標高差８００メートルを走って上るんだから、やっぱり普通じゃないですよね。おれも５区を走りたいです。群馬の山を、しょっちゅう走ってましたし。軽井沢まで上ったこともあるんですよ」

いつのまにか三十万先輩がベッドに横たわっている。返事はない。ちなみに三十万先輩は寝つきがいい。おれよりもいいんだから群を抜いている。……優一もそうだった。長距離選手に共通の特徴なのかな、と思ったら目蓋《まぶた》が重くなってきた。

おれはベッドにはいあがり、天井から伸びる紐を引いて電灯を消した。

朝はこれまでとは違って余裕がある。

三十万先輩を部屋に残して水を飲みに食堂に下りると、もういい匂いが立ち籠《こ》めている。厨房《ちゆうぼう》にはおじさんがいる。味噌《みそ》汁を作っているようだ。下宿していたときには仕込みを見ることがなかった。あいさつをして厨房に入ると、巨大な寸胴《ずんどう》に野菜くずのようなものがたくさん入っていて、ぐつぐつと煮込まれている。「出汁《だし》なんですか」と聞くと、おじさんは満足げにあごを引いた。許可を得てのぞき込めば、にんじんの皮や長ねぎの青いところや、トマトのへたや玉ねぎのぺらぺらの皮なんかが入っている。いつも美味い美味いと啜っている修学院大合宿所特製の味噌汁の出汁が、こんなもので取られているとは。

「普通なら捨てちゃうところ。これが美味い出汁になる。健康にもいいんだよ。おれもこいつを飲むおかげで、風邪もひかないし眠りも深くなったよ」

捨ててしまうような野菜の外皮には強力な抗酸化作用がある。野菜が紫外線の毒から身を護《まも》るために、抗酸化物質を外皮に溜め込むためだ。それで出汁を取ったスープは活性酸素の害から身体を守ってくれる——という。

毎日数十キロ走って圧倒的に酸素を取り入れる長距離選手にとっては抗酸化作用のあるビタミンサプリメントの摂取は常識で、それと同じ効果がこの味噌汁にあるというのは意外だった。理屈はともかく、美味《おい》しい味噌汁の秘密がここにあった。美味しいだけではなく、身体が喜ぶ味だったとは。レシピを調べてきたのは、もちろんあぶさんだ。

「残留農薬の心配もあるから、五十度のお湯でよく洗ってから煮込むんだ。差し入れの野菜も多いからね。みなさんの気持ちを無駄にせず、全部を使い切る心意気はいいよね。監督さんはアイディアマンだよ」

ひとしきり説明し、おじさんは自分で何度もうなずいた。そういえば、おれも大学に入学してから風邪をひいていない。

長距離選手は案外簡単に風邪をひく。それを不思議に思っていた。

あぶさんはそれを解決しようと腐心《ふしん》した。サプリメントだけで事足れりとするのではなく、野菜くずで出汁を取るというアイディアが素晴らしい。しかしそれならそれで、味噌汁の効能を食堂の壁にでも貼っておけばいいのに。一年経ってから美味しさの秘密がわかって、なんだか損をしたような気分になる。これからは、最低でも三杯味噌汁を飲むことにした。お茶やジュースなどを控え、水分はできるだけ合宿所の味噌汁から摂《と》ればいい。

練習のない月曜の過ごし方も変わってきた。今日は振り替え休日で授業がない。朝食を摂ると夕方まで自由時間。外出する者、土手をジョギングする者、部屋でゆっくりと身体を休める者、いろいろだ。

おれはそのへんをジョギングすることにした。部屋でウエストポーチを腰に巻いていると、「走りに行くのか」と三十万先輩が言う。うなずくと、じゃあおれも、と言って支度を始めた。三十万先輩は合宿所周辺の地理に詳しいだろう。旅は道連れだ。

と思ったら、このへんの道路は走ったことがないという。ジョギングには多摩川の土手という最高の環境があるから、町を流す必要がない。しかし休みの日に土手を走るのも芸がない。それで、「ちょっと遠出しますか」と思いつきで口にした。

「観音崎《かんのんざき》の近くに、穴子の天ぷらの美味い食堂があるんですよ。そこまで走って、昼飯喰って、帰ってきますか」

「観音崎だと……五十キロちょいかな」

「最高のジョギングスポットがあるんですよ。国道16号線にある海岸線の遊歩道が真っすぐ延びてて。馬堀海岸の直線だから〝まぼ直〟って言うんです。椰子《やし》の木が並んでて、運が良ければ富士山がよく見えます」

「ジョギングスポットよりも先に、穴子天のことを話すところがタケルらしい。よし、行こう」

片道五十キロはやり過ぎということで、電車で横浜まで出て、そこからジョギングで横須賀を目指した。三十万先輩のペースについていけばいいと思ったものの、ちっともペースをあげない。

ひたすら南に走ればいいから迷う心配がない。午後一時には横須賀に入った。〃まぼ直〃をゆっくり流す。横須賀のネイビーなのか、アメリカンフットボール選手のようなマッチョの黒人が並んでジョギングしていた。残念ながら富士山は雲に霞《かす》んでよく見えなかった。

久しぶりに海岸沿いの食堂の暖簾《のれん》を潜《くぐ》った。注文は穴子天丼大盛りだ。甘く、歯切れがよく、滋味深い。涙が出るほど美味かった。店のおばさんはおれのことを覚えていてくれた。横浜から走ってきたと言うと大げさに驚き、たこの刺身をおまけしてくれた。地元で獲《と》れたたこは、そのへんのスーパーの物と身の締まりが全然違う。三十万先輩も美味い美味いと言いながら箸を動かしていた。予想どおり、おごってくれた。

「走水さん、元気かい」

おばさんがおれの顔を見て言った。おやじのことだ。

中一の初夏だった。土曜日の夕方、この食堂に使いにやらされた。

電話で予約した穴子天を取りに片道三キロ弱を走った。店に着くと、おばさんが「走水さん、四人前ね」と言って持ち帰りの用意をしてくれた。おれが到着してから揚げてくれる。カウンターに座って店の様子を見ていると、夫婦や若い二人連れがビールを飲みながら天ぷらやフライを食べている。定食にはたこの桜煮の小鉢が付いていて、それがまた美味そうで、おれの腹がグウと鳴った。「揚げたてが一番なんだけどね」とおばさんが言うので、おれの分だけ食べていくことにした。おばさんは嬉しそうな顔をして、味噌汁とご飯を盛ってくれた。穴子天はふわふわと柔らかくて気が遠くなるほどだった。穴子ってこんなに甘いのか、というくらい美味い。さっとかけ回す濃い口のタレも美味い。あんまり美味いから丼《どんぶり》メシを二杯食べると、「切れ端をあげるから、最後は天茶にしてみな。美味しいよ」とおばさんが言うので、三杯目を天ぷら茶漬けにすると、これがまた美味い。最後は沢庵で茶漬けをお代わりして満腹になり、三人前の穴子天をぶら下げて帰った。丼四杯を腹に入れた直後ではさすがに走れないから大股《おおまた》で歩いた。

帰宅すると「なぜこんなに遅いんだ」とおやじが冷たい目でおれを睨《にら》んだ。事情を話せば「ばか者！」と怒った。

「おばちゃんが、揚げたてが一番って言うから。一番美味いものを食べないテはないじゃないか」

「おまえが四杯メシを食べている間、持ち帰りの穴子天はどんどん冷えていく。そういうことを、考えないのか」

まったく考えてなかったので、おれは口を結んだ。甘辛い味のげっぷが胸から上がってきた。

「四人前の天ぷらを持って急いで帰ってくる。そして、待っている家族に、店のおばさんの言葉を伝える。『じゃあ、温かいうちにいただきましょう』ということになる。そういう効果を少しも考えず、その場で天ぷらをむさぼり喰らった。しかも丼メシ四杯も。そういった短絡を直せと、何度も言ったはずだ」

おれは珍しく「すぐに帰るべきだったか」と思った。頑張れば十分そこそこだから、揚げたての風味は変わらなかったんじゃないかと。

「揚げたての穴子天が美味いことくらいわかっている。だから、足の速いおまえを使いにやったんだ。自分になにが期待されているかを考えず、おばさんの言葉をそのまま受けてその場で四杯もメシを喰うとは。ばかもほどほどにしなさい。一杯だけ食べておばさんの顔を立て、すぐに帰ることだってできたはずだ。少しは頭を使え」

その後もぐずぐずと説教が続いた。

いつもは聞き流すのに、反省してしまったせいか、背筋に悪寒《おかん》が走った。すると急に呼吸が乱れて、気分が悪くなってきた。そして食堂で食べた穴子天と四杯のメシを全部吐き出してしまった。いつまでたっても呼吸が収まらず、ついに母さんが救急車を呼んだ。

救急隊員による応急処置で済んだものの、救急車なんて普通じゃない。母さんが救急隊員から事情聴取を受け、「思春期には、よくあることです」と言われた。そして救急隊員はおやじに向かって、「言葉も、暴力と同じくらい、子どもの心を傷つけることがありますから」と諭《さと》したという。

普段はなにも言わない母さんも、さすがにそのときには「もう少し、穏やかに叱ってください。まだ子どもなんですから」とおやじに釘を刺した。おやじの説教ごときで過呼吸になるなんて我ながら情けないにもほどがあるけど、一種のアレルギー反応だったのだろう。アレルゲンに過剰反応してしまった。

「走水さんにも伝えとくれ。たまには戻っておいでって」

おばさんの言葉に、我に返った。ほんの数十秒、居眠りしたようだった。

「腹いっぱいだし、ちょっと歩いて、電車で帰ろうか」

三十万先輩が言う。一度はうなずいたものの、少し考えて首を横に振った。

「軽く走って帰りましょう。それほど疲れてません」

「そうだなぁ。腹がこなれるまで歩いて、それから走るか」

そうは言うものの、どこか不満そうだった。

「同じ道をジョグで戻るのも、芸がないような気がしてな。そうだ。やっぱり電車に乗ろう」

「電車賃がもったいないですよ」

「藤沢まで。そこからジョグだ。遊行寺の坂を上ろうよ」

それはいい。箱根駅伝のコースをなぞるのはいいアイディアだ。8区の難所を走ってみたい。

遊行寺の坂は長かった。ジョギングで流す分には問題はないが、平塚《ひらつか》から海岸線を走ってきてこの坂を上るのはつらそうだ。三十万先輩はそれまでラクに流していたのに、「ちょっとスピード上げるよ」と言ったかと思うと、ぐいぐい坂を上っていった。坂と見れば全力で攻めたくなるのかもしれない。ついていこうとしたが、ジョギングに徹することにした。

藤沢まで電車を使ったのが正解で、合宿所には六時前に着いた。久しぶりに食べた穴子天丼のたれの味が、ずっと舌の奥に残っている。

20

走水剛　大学二年生

四月。イベントのない日曜日だった。

朝食を終え、新聞に目を通したりして食堂に残っていた。食堂脇には液晶テレビがあり、食事が終わるとスイッチを入れていいことになっている。美術好きの三年生が教育テレビを観《み》ていた。

すると三十万先輩が降りてきて、テレビの前に陣取った。やがて画面は将棋番組に変わった。NHK杯トーナメントだ。部屋で少し横になろうと腰をあげると、三十万先輩が振り返って手招きをする。画面にも手招きされているような……。

「本日の解説者をご紹介します。走水龍治八段です」

司会の若い女性が言った。

おやじが出てきてぎょっとした。

紺の背広に、お気にいりの濃紺のネクタイ。女性は口の端をあげて笑っているのに、おやじは仏頂面《ぶっちょうづら》でこっちを睨みつけている。会釈すらしない。まあ、おれにとってはいつもの表情だけど、天下のNHKでこの目つきをするか？

「今日は必見、黄金のカードだ。加須《かぞ》四冠と宇良見《うらみ》二冠の対局。最強棋士の激突を解説できるのは走水八段しかいない。解説者を含めて、最高の対局だ」

そう言って、おれの腕を取り、隣りに座らせた。日曜午前中の番組で、実家では弟の将が必ず見ていた。

三十万先輩の茶の相手ならと腰を据えた。

指し手が進み、駒が激突する。女性アシスタントが局面の疑問をおやじにぶつけると、おやじはしばらく黙り込んで、「そうかそうか。いや、そう簡単でもないか」などとつぶやき、「次の一手は、５五歩です」と断言した。別に指し手の予想を求められているわけではなさそうだったが、おやじはその５五歩の優秀さについて熱を入れて話した。

しかし次の指し手は２四歩。おやじは予想の外れを詫《わ》びたり照れたり言い訳したりせず、また「５五歩のほうが良かった」などとも言わず、２四歩の応手を予想した。万事がその調子だから、ちっともわかりやすくない。しかし三十万先輩はおれに話しかけることもなく、それこそ瞬《まばた》きなどせずに画面を凝視している。

終盤、「なにをどう指しても、宇良見さんの勝ちですね」とおやじが断じた。しかし結果は加須四冠の大逆転勝ち。つまり、おやじの読み筋に穴があったわけだが、そこをアシスタントに突かれると、「見事です。盤面のすべての駒が働いています。屈指の名局です」と言った。

「ええと、視聴者のために教えていただきたいんですが……宇良見二冠の必勝だということでしたが。その局面で指された手が、少し甘かったということでしょうか」

「必勝でしたが、次の加須さんの一手が、すべてを上回りました」

「では、あの時点、必勝ではなかったということですか」

「必勝でした」

まったく話が噛《か》み合わない。

必勝なのになぜ逆転したのか。アシスタントも視聴者もそれを知りたいのに、おやじは目線を下げて優しく話そうという気がないらしく、名局に立ち合えたことをしきりに感嘆している。

最後に、おやじは「素晴らしいデッドヒートでした」と締めくくった。

三十万先輩も感心していた。

「いい将棋だった。将棋も良かったけど解説が最高だ。NHKえらい。このカードでよくぞ走水八段を解説につけた。さすがだね、走水龍治は」

「なんか、ばかにされてたようですけど。アシスタント、吹き出しそうになってませんでしたか」

「いや。普通、解説者というのは、視聴者のために一手の意味をわかりやすく話す。それはプロならば誰にでもできる。傍目八目《おかめはちもく》というのは囲碁《いご》の用語だけど、解説者はリラックスして盤面を見守っていればいい。しかし走水八段は違う。一緒になって戦っている。しかも先手番でも後手番でも、自分のことのように真剣に読みを入れるから、二倍戦ったことになる。だから、口から出る言葉なんてどうでもいいのさ」

「それじゃ、解説にならないじゃないですか」

「凡百《ぼんぴゃく》の解説なら他の棋士に頼めばいい。ファンは走水龍治の立ち居振る舞いが観たいんだ。たぶん、収録前の打ち合わせで、『アマチュアの目線に立って、一手一手の意味をわかりやすくお願いします』などとディレクターに釘を刺されてたんだろうけど、そんなものは完全に無視した。長距離走と一緒で、走り始めたら、もう誰の声も聞こえないさ。ファンはリラックスする走水八段じゃなくて、戦う走水八段が観たいんだ。見事にファンの期待に応《こた》えたんだよ」

三十万先輩が嬉しそうに何度もうなずいている。

おやじは期待に応えたのか。

期待に応える。三十万先輩は偶然にもそう言った。オリンピックだ。一九六四年の東京オリンピック。「東京オリンピックでは、みなが期待に応えた」と、夕食のテーブルで何度も同じ話を聞かされた。

「アジア初のオリンピックだ。戦後最大の国家イベントだった。十月十日の開催に向けて、東京中で工事が行なわれていた。代々木《よよぎ》や駒沢《こまざわ》の競技場や武道館といった競技施設はもちろん、外国人選手や観光客を招くべく首都高速を整備して道路を拡張し、地下鉄を延ばした。新幹線も造った。羽田からのモノレールも造った。あっちこっちで工事をやっていて、東京中が埃っぽかった。しかもその夏はほとんど雨が降らず、給水制限まで施行されるほどだった。〝東京砂漠〟と言われたんだ。工事がどれも急ピッチで、国を挙げての突貫工事だった。代々木体育館が完成したのは開会式の四十日前のことだ」

当時、おやじは四歳だったから、やけによく覚えてるとも思うが、凝り性なおやじのことだから、あとから資料を読み漁《あさ》ったに違いない。

「みなが頑張り、準備が整った。九月二十三日には巨人軍の王選手がシーズンホームラン日本新記録となる五十五号を打った。オリンピック前の最高の景気づけだった。そして開会式の前日、東京に大雨が降った。雨が東京中の埃を洗い流した。天も期待に応えたとしか考えようがない。十日の開会式は最高の秋晴れになった。青空のキャンバスに、五輪の飛行機雲が見事に描かれた。

もちろん、主役の選手たちも期待に応えた。十二日、重量挙げフェザー級の三宅義信《みやけよしのぶ》選手が金メダルを取った。重量挙げは大会の半ばに行なわれるのが通例だが、三宅選手は優勝の本命で、日本としては早く金メダルを取って景気づけをしたかったわけだ。その期待に、三宅さんは見事に応えたんだ。三宅さんは、あの小さい身体ですごい物を持ち上げた。

国家を背負って金メダルを取った。レスリングでも体操でも、女子バレーボールでも、みなが躍動した。目標に向かって一所懸命に努力する。みなの期待に応える。その素晴らしさを、東京オリンピックは教えてくれたんだ。その後、日本は高度成長を続け、四年後にはGNP世界第二位の経済大国になった」

おやじは熱っぽく語った。ここでやめておけばいい話なのに、この後は必ず「それなのに、今の日本はダメだ」と論調が暗転する。

「シラケ時代を経《へ》て、土地を転がしバブルに浮かれ、汗をかいて期待に応えることが脇に追いやられてしまった。なにがIT時代だ。企業も個人も、一心不乱に頑張るという風潮が消え失《う》せてしまった」

しばらく現代への苦言《くげん》が続く。そして最後は、

「いかに時代が移ろおうと、どんなに風向きが変わろうと、東京オリンピックの熱い意気を忘れてはいけない」と締めくくる。

高校のときは、この話が始まるたびにうんざりしたものだけど、久しぶりに聞いてみたい気もする。

おれも、期待に応えなきゃと思うから。

21

箱根6区の山下りを五十人乗りのソリで滑り降りるようだ。

「一年はあっという間に過ぎる。特に一年生のときは」と真根センは言っていたけど、二年生になってからの時の流れのほうが速い。

薫風《くんぷう》が過ぎたと思ったらもう梅雨《つゆ》に入った。

監督室は合宿所の四階にある。

自室と食堂と風呂場を往復するばかりなので四階に行くことはない。

その日。昼飯の前に真根センが二年生を食堂に集めた。各人の一年間の記録を渡すという。タイムの推移を振り返って、今後の参考にしろ、というわけだ。

ところが、おれの分も含めて数人分の資料が抜け落ちている。「あぶさん、抜けてますよ」と真根センがつぶやき、おれに目配せをして右手の人差し指を天井に向けた。おれはうなずいて四階に上がった。頼まれ事はたいていおれに回ってくる。使いっパシリだけど別に構わない。こういう場合、じっとしているよりも動くほうが性に合う。

「監督さん」と声を出しながら部屋のドアをノックした。半開きだったのでギイと音がしてドアが開いた。人気はない。

部屋の中を覗き込んだ。二段ベッドはなく、低く大きなテーブルが部屋半分を占めている。他に立派なデスクがあるから奇妙な光景に見えた。テーブルの上はフラットではなく、模造紙の上にチェスの駒の化物みたいな物が五十個くらい点々と並んでいる。よく見るとオロCとかリポDとかの栄養ドリンクのボトルだ。そこにポンチョのように紙が巻かれていて……胸に名前が書いてある。「ケーブルカー 三十万」というのが目に留まった。模造紙には「1」「2」「3」……「10」と間を置いてナンバーが書いてある。箱根駅伝の区間図だ。紙の上部には「部員が宝石になる瞬間」と力強いマーカー文字が書かれていた。

三十万先輩のボトルの駒は一番右端、「5」に立っている。二年連続の山上りだ。それを見て、背中がかっと熱くなった。それにしても、名前の前の「ケーブルカー」って？

誰をどこに配置するか。紙やパソコンの画面ではなく、立体的にシミュレーションするってのは面白い。

さておれのは？

探してみると、五十個近くあるし、ポンチョの名前が見えにくくて、すぐにはわからない。

「おれのもちゃんとあるんだろうな」と、思わず つぶやいてしまった。必死で目を凝らすと灯台下暗し。三十万先輩の隣りにおれがいた。さらに背中が熱くなった。おれは5区候補なのか。

おれの駒の胸には「パシリのタケル」と書かれている。パシリってなんだよ。他を見れば、「ナニワの曲木」とか「チェストの伊地」とか、「二つ返事の汐入」とか、それぞれ書いてある。すべて「〇〇の誰々」という具合だ。相生は「ゴムまりの相生」。

それにしても「パシリのタケル」とは……。使いっパシリばかりやってきたから間違っちゃいないんだろうけど。

「見たな」

背後から突然声をかけられ、おれは思わず息を止めた。振り返るとあぶさんが仁王立ちしている。

「見たんだな」

声を圧し殺して、おれを睨みつける。普段は見せない迫力だ。

「なんで勝手に入ってきた」と言うから、真根センに頼まれたと話した。

「ノックして、不在ならば引き返すのが常識だろう」

「ドアが開いちゃったんです。どうぞ、って感じで。それでつい」

「まあ……見ちゃったものは仕方がない。こいつを、部員に見られたのは初めてだよ」

おれは頭を下げて部屋を出ようとした。するとあぶさんの右手に退出を阻《はば》まれた。

「見て、どう思った。せっかくだから、なんとか言ってから出ていけ」

「栄養ドリンク、監督さんは好きですからね。なかなかいい空瓶のリサイクル法だと思います」

あぶさんが苦笑した。「それで？」と続ける。

「駅伝監督の最大の仕事はランナーの配置だってことですけど。これを見て、やっぱりそうなんだと思いました」

「自分がどこにいるか、見たか」

おれは返事をして、５区付近に視線を投げた。

「どう思った」

「自分に合っていると思います。気合いが入ります」

「一年過ごしてきて、ランナーとしての自分の長所はなんだと思う」

言葉に詰まった。短所ならばすぐに列挙できる。性格的にはおやじに言われてきたことを言えばいいし、陸上競技的にはペース配分の杜撰《ずさん》さやフォームのブレなど、これも日頃から指摘されていることを並べればいい。

しかし長所となると困る。つまりは自慢しろ、ということだ。

「なんだ。長所がないのか」

「ケガが……ほとんどないことです」

右足を捻《ひね》って接骨医院に行ったとき、一度の治療ですぐに回復したことを驚かれた。骨が太く、ケガをしにくい脚だと太鼓判を押された。頑丈に生んで育ててくれた両親に感謝しろ、と。

「それは素晴らしい長所だ。ケガで苦しまないことがどれほど幸せか。強い身体を作ってくれたご両親に感謝しろ」

思ったことを口に出されて、飛び上がりそうになった。自分の頭の中が見透かされているようで。

「あとは？」

「……のびしろがある、ってことでしょうか」

「質問に対して疑問形で答えてはいけない。まあ、おまえは高校時代の実績が弱いから、たしかにぐんぐん伸びている。でもそれは長所とは言えない。単なる特徴だ」

頭を下げるしかない。「タケルはのびしろがあっていいな」などとイヤミを言われたことがあり、思わず口をついてしまった。

「もうひとつくらいありそうだけど、それは自分で考えろ。自分を過大評価するのはよくないが、過小評価もそれ以上によくない。長所を把握しておくことも大事だぞ」

話が終わっておれは部屋を出た。ジョギングをしっかりやれ、と言われてそのとおりにやっている。横須賀まで行って帰ってくるくらい、とにかく走っている。監督の指示に素直、ということだろうか。しかし修学院大に素直じゃない部員などいない。自分にブレーキをかけず、指示以上にがむしゃらにやる、ということか。自分の長所を考えるのは気恥ずかしく、深く考えずに打ち切った。

ケチケチせずに教えてくれてもよさそうなものなのに。「パシリのタケル」なんてあだ名をつけておいて。

首をぐきぐきと左右に揺らしながら食堂に下りると、本来の目的を忘れていたことに気づいた。すると真根センが手招きをしている。

「あぶさんがとっくに届けてくれたよ。タケル、なにやってんだ?」

二年生たちが冷笑している。

忘れっぽいことも欠点には違いない。でも『昨日はどこにもありません』のファンとしては、それも長所に思えるんだけど。

走っているうちに七月、八月と過ぎた。

22

今年も朝晩が涼しくて快適な奥信濃《しなの》で合宿を張り、九月に入っての五次合宿では外房《そとぼう》に行った。春にも合宿を行なったコースで、「なんでわざわざ暑いところに」と思ったものの、東京や横浜よりはずっと涼しい。でもやたらと風が強い。「こんなに風が強いのは今年が初めてだ」と地元の人たちも言っていた。

この強風を利用しての面白いトレーニング法を体験した。

朝から風がものすごく強く、周回コースのタイム設定を見なおそうか、とあぶさんと真根センが話していた。風は願っても吹かないから、こういうときはあぶさんはむしろチャンスと見て喜んで走らせる。しかし物事には限度がある。部員は例外なく華奢《きゃしゃ》な身体つきをしていて、気を抜くと飛ばされそうだ。

追い込みとしてはピークだ。前日は一周十キロの周回コースを三周した。脚の張りも残っている。モロに向かい風を喰らう場所はキツいな、と思って気合いを入れていた。

するとと、海沿いのコースから戻ってきたあぶさんは意外なことを言った。

「今日はコースを変更する。海沿いを道なりにどんつきまで行って、帰りはジョグ。これを五セットで上がろう」

ざっと距離を計算すると二十キロ。昨日の三分の二だ。しかも復路はジョグだからラクだ。

「往路、超のつく追い風だ。背中に風がぶつかってくる感じ。これを利用して、ハイスピードで走ってみよう。手足を思い切り動かしてな。イメージとしては、10区の大手町。びゅんびゅん追い風が吹いているときの全力のラストスパートだ。実力以上のスピードを体験する。いいね」

普段とは違い、間隔を空けて二人ずつ走る。風を背に受けて身体がぐいぐい進む。素晴らしいスピード感だ。

一年の春からずっと心がけてきたフォーム、腰が安定してすっと移動する感触。それを存分に感じることができた。この風なら、百メートル走で9秒台も出るんじゃないか。

ああそうか。おれは勝手に感心した。秋に向けての仕上げの合宿で、チームに追い風を経験させる魂胆《こんたん》なんだ。修学院大には追い風がびゅんびゅん吹いている。このメニューをこなして、そう感じない部員はいないはずだ。

スポーツ新聞を眺めていると、〝素軽《すがる》い〟という言葉が目についた。競馬欄で競走馬の走る様を表現している。これが気に入った。

夏合宿を経て、走りが素軽くなった。上体がぶれず、追い風が吹くように走ることができる。日々の練習、筋トレ、時間をひねり出してのジョギングの成果が、おれの中でひとつにまとまりそうな気配がする。高校から本格的に長距離走をやりだして、一番充実している。すべての練習にわくわくして臨める。

横須賀の食堂にはもう一度行った。相生を誘って三十万先輩と三人で走った。地元の相生はその食堂のことを知らず、「こんな美味い店、なんで今まで知らなかったんだ」と悔しがった。馬堀海岸の直線は何度も走ったというし、そのまま観音崎まで行ったこともあるというから、店の前を素通りしていたのだろう。帰りはやっぱり藤沢に出て、遊行寺の坂を上った。上り切ったところで、「三十分、休憩しててください」と相生が申し出た。遊行寺坂を下ってみたいと言うのだ。往路3区の部分的試走だ。三十万先輩とおれはドラッグストアの駐車場でストレッチをしながら待った。相生はにこにこしながら戻ってきた。

「6区よりも面白い。坂の傾斜が全部見えるから、なんかスキーのジャンプ台を滑走してる感じだったぜ」

日が落ちると、急に風の温度が下がる。

秋になったな、と三十万先輩が言った。

23

グラウンドの練習から戻ると、合宿所に手紙が届いていた。

真根センが大きめの封書を右手でひらひらとさせている。

「いまどき手紙か。でもいいな、手紙って」

もちろん母さんは携帯電話くらい持ってる。封筒の中には手紙だけではなく、文庫本のようなものも入っている。

部屋に戻ってドアを閉め、ベッドに仰向《あおむ》けになって封を開いた。

便箋《びんせん》と、薄い文庫本が入っている。漱石《そうせき》の『坊っちゃん』。

白い便箋に母さんの優しげな文字が並んでいた。


剛、元気でやってる？

封書を見てびっくりしたんじゃない？

良くない知らせなんじゃないかって。全然そんなことはなくて、思いつきで手紙を書いちゃった。

なんか手紙を書きたくなるときがあるのよ。手紙を書くのなら、東京で頑張っている剛に向けるのが自然かなって思って。だから気楽に読んでね。

できれば、縁側に寝そべって、初秋の風にひらひらさせてね（意味、わかるかな？）。

母さんの学生時代の話。
大学三年生のときだったかな。友達と（女ばっかりの四人組よ）旅行に行くことになってね。海か山か温泉かっていうことより、「新幹線で、どこかへ行こう」って。もう新幹線が珍しい時代じゃなかったけど、新幹線に乗るのは、どこか特別な感じがしたのかもしれない。場所よりもなによりも、「とにかく新幹線！」って感じだったの。

それで、東京駅からこだまに乗って小田原に行ったの。小田原城を見て、市内を散策して、お茶飲んで帰ろうとしていたら、箱根行きのバスがやってきたのね。それに飛び乗っちゃってね。結構歩いて疲れていたから、バスに揺られてちょうどよかった。

バスは箱根駅伝の5区と同じコースを走った。そのときには駅伝のことは頭になかった。今ほど盛んじゃなかったしね。

バスに乗ってみてわかったんだけど、どんどん山を登る感じなのね。

あそこを走るって、本当にすごいことなんだなって思った。
東京をスタートして、ずっと襷《たすき》をつないで、往路の最後は山を登り切ってゴールする。

誰が考えたか知らないけど、素晴らしい舞台だって。今になってわかったの。その素晴らしい舞台のどこかを、剛が走るかもしれない。そう考えると嬉《うれ》しくなってね。お父さんも将も、ものすごく期待してる。お父さんは「剛が箱根を走る前に、必ずタイトルを取る」って言ってるくらい。

食事はしっかりしているようだから、ケガには十分気をつけてね。

剛、ファイト！

追伸　彼女ができたら写真を送って。母さんにはちょっとした才能があってね。その彼女が剛と相性がいいかどうかわかっちゃう。顔を見ればわかっちゃうの。絶対に送ってね！

照れ臭さで顔が熱くなってくる。

「縁側に寝そべって」という部分が、まったくわからない。日に透かすと見える隠し文字でもあるのかと調べてみたけど、そんなものはなかった。

合宿所には縁側なんてないから、「初秋の風にひらひらさせて」ということなら、多摩川の土手しかない。

手紙と文庫本を持って合宿所を出た。たしかに初秋の風が気持ちいい。そうか。気持ちのいい風の中で手紙を読め、ってことだ。

土手の傾斜に仰向けになり、短い文面を二度読んだ。それから同封の文庫本をぱらぱらとめくった。するとページの角が折ってある。やたらと小さい文字で行替えも少なく、読みにくかったけど、そのページを目で追った。意味がわかった。主人公の坊っちゃんが清《きよ》からもらった長い手紙を、秋風にさらしながら読む場面だ。

『坊っちゃん』は中学のときに読んだ。覚えているのは冒頭部と、主人公が父親の悪口ばかり言っていたことくらい。

薄い文庫本だし、秋風が気持ちいいし、一応は文学部だし、再読と洒落込《しゃれこ》むことにした。一気に読みきった。

面白かった。主人公は周囲と衝突ばかりしている。うちのおやじに似ている。しょっちゅう怒っているところなんて、おやじそっくりだ。

母さんの「追伸」について。彼女かどうかは別として、奈津の写真を送るとどうなるのだろう。文庫本に目を落としているときと、おれをマージャンや居酒屋に誘うとき。禁欲的な奈津と快楽追求の奈津。どちらの顔を送るか。二つの表情のギャップが大きすぎる。おれとしては……自分の生活がストイックだから、唇を突き出しながら笑顔を揺らしてくる奈津の顔がいい。

空には鱗雲《うろこぐも》。おれは多摩川越しの北の空に向かい、薄い文庫本をひらひらと揺らした。

24

秋の駅伝シーズンが始まった。

出雲《いずも》駅伝は十月第二週、体育の日に行なわれる。大学の三大駅伝の皮切りだ。六区間四四・五キロを六人でつなぐ。最長区間で一〇・二キロ、最短区間が五・八キロということで、スピード駅伝と呼ばれる。正月まで三か月を切っていて、各陣営は箱根駅伝を頭に置いた選手起用をする。主力走者も当然出るものの、距離の短さから一年生が抜《ばっ》擢《てき》されることもある。

おれは出雲遠征の八名の中に入った。初めてのエントリーだ。

直前の記録会での五千メートルのタイムでいけば、五十二人中で二十位にも入れない。それでも、十一月に控えている全日本への出場選手との兼ね合いなのか、上級生のケガの具合によるものなのか、とにかく抜擢された。飛び上がるほどの感激だったけど、飛び上がって着地したときにまた足首を捻りでもしたら大変だからじっとしていた。弾《はじ》けたのかな、と思う。

特に二年に上がってから、一歩一歩、気持ちを込めて走り込んできた。タイムが縮まなくても一喜一憂せず、自分が進んでいる方向を信じて走った。それが夏を過ぎ、走りが素《す》軽《がる》くなった。トラックで一周くらい意識が飛ぶことがある。自分の息遣《いきづか》いもトラックから伝わる着地の衝撃も何も感じない。自分が練習場の空気に同化したようで、脚にも腰にもどこにも無理な力が加わらず、ただ滑《なめ》らかに身体《からだ》が前へ進んでいる。

四年はキャプテンの仲根さん、三十万先輩。三年は伊香内さん、伊東さん、荒熊さん。そして二年が相生、伊地、おれ。おれは補員ではなく、3区を任された。七・九キロだ。あぶさん、真根センの計十名で飛行機に乗った。

前前日に入り、コースを軽く走った。風が甘く涼しいものの日差しはきつい。畑一面にひまわりが咲いていてびっくりした。今年の残暑はしぶとかったけど、十月にひまわり満開とは。乾いた空の色に鮮やかな黄色がとても映える。

前日はバタバタしていた。午後から出場校受けつけがあって、その後は監督会議、それから市民会館で開会式。ホテルで夕食を摂《と》ってからミーティングして、おとなしく眠るしかない。

出雲大社にお参りしたのはレース当日の朝だ。午後一時過ぎのスタートだからゆっくりできる。

「午後のスタートだと、余裕ですね」

相生が真根センに言った。

「そうだね。箱根と全然違う」

六時に起きて軽く走ってゆっくりと朝食を摂れる。ところが箱根の1区スタートは八時だから、朝食は五時に、いや四時には終えていたい。何時に起きればいいのか。2区にしても3区にしても、配置につくために同じように早出をする。当日のタイムテーブルを見ても、箱根は特別に過酷だ。

ここは縁結びの神様を祀《まつ》っているということで、朝っぱらからやたらと若い男女が多い。こっちはそれほど真剣に拝むわけではなく、朝食の腹ごなしに参道を歩いた。鳥居から本殿まで結構な距離があり、朝日の中を歩くと気分がいい。

そろそろ集合場所の出雲ドームに戻るかと大鳥居に差しかかったとき、鳥居の下で若い女がこっちを見て手を振っている。おれたちは水色のウインドブレーカー上下を着込んでいる。別の団体と勘違いしたのか。

しかし女は手を振り続ける。女の傍らには背の高い男がいる。

「タケル！　頑張れよ！」

名前を呼ばれてどきりとした。「なんだ、タケルの応援か」と真根センが言った。みなも気になっていたようだ。

近づくとはっきりした。

奈津だ。

奈津が出雲に来ている。

しかも男と！

おれだけ集団から離れて二人に近寄った。奈津はにやにや笑っている。

「ちょうどメール入れようと思ってたんだ。タケル、何区走るの？」

「3区。国道9号線の第二中継所から走る」

「しっかり走れよ」

なんだ、この女は！

「ああ、彼、茶沢《ちゃざわ》君」

奈津が男を紹介した。くるくるとした髪が長い。脚が細くてデニムのジャケットが似合う。タレントのような風貌《ふうぼう》だ。

「チャッピーです」

男は笑顔で言った。

チャッピーだぁ？　あまりの能天気さに気が遠くなりかけた。

「高校のときの同級生。文英に行ってるの。ちょうど駅伝やってるし、出雲詣《もう》でとシャレこんだってわけよ」

向こうで真根センがおれを呼んでいる。それで奈津たちと別れた。

頭の中が真っ白になった。真っ白になったところに、桜吹雪が狂ったように舞っている。なんで、あんな男と一緒にいる。

当然、前泊したんだ……。

なにがチャッピーだ。

胸が焦げている。奈津は、おれのことをどう思っているんだろう。一年生の秋から――進展はしていないけど、授業で会えば親しげに話しかけてくるし、相変わらずマージャンの誘いは多い。おれは忙しいから奈津を追いかけることはしないけど、ときどき目をつぶって思い浮かべるのは奈津のいわくありげな笑顔だ。奈津のことを思いながらジョギングすることもある。

なんで男とやってきた。おれに会わせるためか。おれのことを切るためなのに。でもおれはしつこく言い寄ったりするわけじゃないし、しつこいのは奈津のほうだ。マージャンの誘いばかりだけど。

せっかく気合い満点で出雲駅伝の朝を迎えたのに。なんでこんなに心を乱されなきゃいけないんだ。

初めての公式戦で、スタメンに起用されて、おれの中で歓喜と緊張がせめぎあっている。学生三大駅伝のスタメンなのだ。あぶさんの期待に応《こた》えてやれと大いに気合いが入るけど、同じくらいの不安に押し返されそうになる。気持ちが四方八方に弾け散るようで、集中できない。ちょっと普通じゃない。自分でも驚いたのは、ジョギングしている時に顔がにやけていたことだ。そのくせ、胸が黒い不安で一杯になる。美竹大や文英大の力のあるランナーとスピードを競う。自分が通用するかという不安だ。

それじゃダメだと、この一週間、脚を出して心を鎮めてきた。朝食後、授業がないときに多摩川の土手を流した。気持ちのコンディションを整えるためのジョギングだ。朝練とは違って東に走り、六郷《ろくごう》橋で折り返した。それでも気持ちが散らばったままだったから府中まで走った。

弾ける気持ちに折り合いをつけて出雲に乗り込んできた。

それが、奈津の出現でメチャクチャになってしまった。

いや、男と一緒だから心が乱れるんだ。奈津が一人で現われたのなら、追い風が吹いたのに……。

嫉妬だ。しかし、あっけらかんとした奈津の顔はなんだ。

なぜ、おれに男の存在を見せつける。旅行のついでに駅伝を見物するなら、どこかでひっそりとしていればいい。レースが終わったあと「応援してたよ」と姿を見せればいい。よりによって当日の朝に、男と一緒に現われるなんて。

奈津は悪魔か？

出雲駅伝が始まった。おれは第二中継所に立った。

スタートは一時五分で、三十分以内に2区走者に襷が渡る。2区は五・八キロと最短区間で、あっという間に襷がやってくる。修学院大の1区は仲根さん、2区が相生、3区はおれ、4区は伊香内さん、5区が荒熊さん、アンカーの6区は三十万先輩だ。

第二中継所には1区のようなフラットスタートの切迫感はない。仲間の走りを信じて待ち、襷を受け取って全力で走りだせばいい。

午後になって日差しが陰るようになった。そのときに吹く日本海からの風がひやりと冷たい。熱い頭を冷やすにはちょうどよさそうだけど……。

市役所前の大通り脇に観客が大勢いる。おれは空と地面ばかりに目をやった。

各大学の順位なんて頭にない。相生がつないだ襷を一秒でも早く伊香内さんに渡すんだ。そのことだけを考えて脚を出せ、そう念じた。

周囲がふわっと盛り上がって先頭走者がやってきた。美竹大の紺のユニフォームだ。五十メートル後方に第二集団がいる。五人くらい。それほど差がない。

美竹大が抜けたあと、集団の中からターコイズブルーが飛び出してきた。相生だ。

「相生！　ラスト、ケツ桜だ！」

おれは思い切り叫んだ。

相生が必死の形相《ぎょうそう》で走ってくる。右手の襷を突き出す。相生の顔を見て、全身が燃えた。

二位通過だ。おれは襷をかっさらうようにして走りだした。

相生、よくやった。

すぐに後が迫っている。

直前のミーティングで、あぶさんは言った。

「がむしゃらに行こう。全区間、思い切り飛ばせ」

もちろん！　後ろなど気にしちゃいられない。美竹大を抜いてやる。

すぐに左折すると、ものすごい向かい風に顔を叩《たた》かれた。

うひゃあ、と声が出そうになった。おやじと尚ちゃん先生とあぶさんと、とにかく目上からいっぺんに説教を喰らったような強風だ。風にも濃度があるのか、先を行く美竹大の背中が見えない。

日本海からの風だ。

「軽く引っかけていかない？　日本海で」

奈津の言葉が頭を過《よぎ》る。屋号に「日本海」がつく居酒屋に誘われることがある。もちろん断る。居酒屋の誘いだけは一度も応じたことがない。それなのに悪怯《わるび》れずに誘う。学習しない女だと言ったら、「不屈の闘志と言ってほしいね」と笑った。

奈津のせいで、気合い半減で走りだしてしまったじゃないか！

いやいや。

走って気持ちの散らばりがまとまるのなら、今がその時だ。土手のジョギングではなく駅伝の本番なんだ。どんなに不愉快なことがあっても、全部ＯＫなんだ。

おれは今、最強の状態なんだ。

女のことくらいで。冗談じゃない。

なにがチャッピーだ。お前は芸能人か。

肩の力を抜き、肘《ひじ》でリズムを取る。

圧倒的な向かい風だが、走りは素軽い。

走りはいい。鼻と口から入ってくる風のリズムがちょうど合う。いいぞいいぞ。悪くないぞ。

そうだそうだ。「昨日はどこにもありません」だ。あのリズムで脚が出る。

力強い。いいぞいいぞ。

タケル、いいぞいいぞ。

自然と自分を鼓舞している。そのリズムが心地よい。

いいぞいいぞ。「昨日はどこにもありません」。

「いいえ昨日はありません　今日を打つのは今日の時計　昨日の時計はありません」

「いいえ昨日はありません　今日の奈津は今日の奈津　あの日の奈津は今はいません」

そうだそうだ。

いいんだ、あれで。奈津はチャッピーと一緒に応援に来てくれた。それだけだ。それ以上でもそれ以下でもない。

かなりいい走りじゃないか？

相変わらずの向かい風だが、それさえも心地よい伴奏に聞こえる。腕の振り、脚の動き、心臓の鼓動。すべてのリズムがいい。

そうだそうだ。

「あの日の奈津」がいないのなら、「あの日のおれ」もいない。今だけだ。

今、もやもやしているのは今のおれだ。それを吹き飛ばすのも今のおれだ。

向かい風の歓迎をたっぷり浴びて、橋を越えて右に曲がった。風が弱まると急に顔が熱くなる。

紺のユニフォームの背中が近い！

向かい風の直線で、差を詰《つ》めたのか？　後ろの気配はまったく感じない。

ここからは大きなロータリーのような道を左に回る。あと二キロ。

美竹大の3区走者が誰かなんて確認もしなかった。必ず抜ける。自分でも信じられないくらい絶好調だ。

カーブが多くて向かい風をもろに浴びる3区は、実力どおりにはいかない。相生が走った2区は一直線の五・八キロで、五千メートルの記録そのままに勝負がつくと言ってもいい。格下チームにとって、3区は風が荒れれば荒れるほどいいんだ。

期待に応えるんだ。

ぐいぐいと脚を出した。

左に交番が見える。そこを美竹大が過ぎる。おれも過ぎる。あと一キロ。

紺の背中に十メートルと迫った。最後のコーナーを曲がる。第三中継所が見える。伊香内さんが両手を挙げている。

「タケル！」

はっきりと伊香内さんの声が聞こえる。

こういうときって、次の走者は派手なアクションをしちゃいけないって真根センに教わった。走者は前しか見ていない。後にいる大学の次走が中継所でスタンバイしていると、迫られていることがわかってしまうから。

そんなセコい戦略なんていらない！

おれは襷を外して右手で握り、美竹大の右に出て並走した。「タケル！」ともう一度声がして、おれは中継所に傾《なだ》れ込んだ。襷をしっかりと渡し、そのまま地面に倒れて前回り受け身をした。

一位通過だ。

サポートの伊地が手を叩いてからおれを起こしてくれた。

「タケルすごかぞ。一位通過ぞ。空でも飛んだか」

「ああ。タケコプター、使った」

伊地がおれの頭を撫でやがるから、その手を笑顔で振り払った。大の男の頭を気やすく触るんじゃない。しかし伊地は紅潮した笑顔を崩さない。

「すごかよ。まさかトップで走ってくっとは。あぶさん、さすがよ。この激走を予測しちょったんよね。なんでタケルが出雲にって、みんな言ぅちょったんよ」

今の走り、どこが良かったんだろう。

コンディションは悪くなかった。しかし気持ちの乱れが……。

「初の公式戦で、最高の走りができる。あぶさんの期待に見事に応えた。タケルはハートが強かよ」

そうじゃないんだ。ハートが弱いんだ。

つまらないことでもやもやしてしまう程度の男なんだ。

奈津のせいだ。

奈津が現われたせいだ。

もやもやを鎮めるために必死で走った。

奈津が気持ちを乱してくれたおかげで、レースの重圧を感じる暇がなかった。

奈津は天使か。

25

日本海からの風が身体の疲れを洗い流してくれる。

出雲駅伝は五位だった。大躍進だ。

おれは3区の区間賞をもらった。超のつく向かい風だったから歴代のタイムからすると平凡だけど、記録なんてどうでもいい。強風がリズムよく身体に入ってくる感覚。あれを感じられたことが嬉しかった。

おれを抱き締めるんじゃないかというくらいにあぶさんは喜んだ。配置戦略が当たったことに満足したんだろう。期待を裏切らずにすんで、ほっとした。

区間賞の恩人（?）、奈津からはメールが入ってきた。

「タケル、すごいじゃん！　ここはぜひとも、お祝いにカナグリだ」

おれは出雲の空を見上げて大笑いをした。

東京に戻った。十月半ばの乾いた朝だ。

試走に出かけた。

箱根駅伝のコース試走は禁止ということになっている。

トラック競技ならば初めての会場でも対応できるのだろうが、一年間すべてをかけて目標にしてきた舞台をぶっつけ本番で走るというわけにもいかない。たとえば山上りの5区を試走なしに走るというのは、どう考えても無謀だろう。

以前、試走中に事故があったらしく、そのせいで禁止されている。でも、どのチームも秘密裏に試走する。試走方法にもチームカラーが出る。

秘密中の秘密なので、他校の情報はまったく入ってこない。人脈豊かなあぶさんの耳にさえ入ってこないというから相当なもんだ。だから自分たちの方法がスタンダードなのかそうでないのか判定できない。

それでも、修学院大の試走方法が相当にユニークなことは、おれにでもわかる。「5W1H」で行くと、問題なのは「When」と「Who」と「How」だ。他は明白だから。

秋の試走には前段がある。「When」だけど、まず五月に箱根路を走った。試走は本番にできるだけ近い情況下で行なうのが当然で、だから南からの風がそよぐ五月に走るのはおよそ本番にはほど遠い。

「Who」と「How」もふるっている。部員全員でバスを一台借り切って行く。箱根路を走るのはバスなのである。

渋滞を避けるために合宿所を五時に出て、大手町《おおてまち》を六時前にスタートした。

道中、ずっとあぶさんが車内マイクを握り、コースの解説をした。1区から10区まで。一般的に言われるコース解説を下敷きにして、区間の選手起用のセオリーや前年までの実戦例、エピソードなどを交えて話す。「1区は集団で走る時間が長いから、ペースに乗り遅れないことが大切。安定した走りが求められるわけだね」とか、「〇年、ここで△△大の××が痙攣《けいれん》を起こしてリタイアした」とか。そんな調子で芦ノ湖《あしのこ》まで行き、一休みしてすぐに踵《きびす》を返す。

なぜ五月に。おれたちの疑問を見透かしたように、2区の横浜駅を過ぎたあたりであぶさんは言った。

「一月まで、諸君にいいイメージを膨らませてもらいたいからだ」

あぶさんは朗読するようにとつとつと語った。

「おれは歴史小説の舞台を歩くことが趣味でね。ところが、その地に実際に立ってみると、風景は案外ショボいんだよ。観光名所でもそういうことってあるだろ。どこかの時計台とか、なんとか橋とか。想像してたよりもショボい感じがする。人間の想像力が大きいからだ。本を読んで場面を想像する。本が面白ければ面白いほど、雄大で素晴らしい舞台を思い浮べることになる。人間の想像力が現物を凌駕《りょうが》するんだな。……そこで、この下見だ。箱根駅伝はおれたちの最大の目標だ。素晴らしいことにかけては議論の余地はない。だから五月のこの時期に下見をしておき、みなの頭と胸の中でどんどん膨らませてほしいんだ。そうすると、本番のときに物怖《ものお》じしなくなる」

こんなことを考える監督、他にいるだろうか。

「箱根駅伝にはきびしいイメージばかりがつきまとう。気候はきびしく、区間が長く、各校が鎬《しのぎ》を削る殺気に満ち、駆け引きに神経を使う。でも、悪いことばかりを思うと余計なプレッシャーを背負い込むことになる。薫風《くんぷう》のコースを下見して、いいイメージを膨らませてほしい。本番は、大学ののぼりも多いし沿道には旗がなびいているし、浮かれた雰囲気の中を走ることになる。当日まではリラックスしていこう」

そういう発想だから、実際の試走も他の大学とはちょっと違うようだ。聞くところによると、多くの大学は関東地方が冷え込んでくる十一月下旬あたりから試走を始めるという。ひっそりと真夜中に走るらしい。5区や6区の山道では込みあう。

それで十月の試走だ。あぶさんは、「ぱりっと乾いた秋晴れの日。気持ちのいいときを逃さず試走しよう」と言う。真夜中ではなく早朝だ。各人が電車に乗って向かい、各区間を走る。速めに流す程度だ。実際と違って歩道を走ることになるし、信号待ちもある。

誰がどの区間を試走するか。各区間三名。十月までに三十名が選ばれる。最終的には十二月上旬、十六名のエントリー選手が発表される。

去年は試走メンバーから漏れたけど、今年は走った。

5区を三十万先輩、三年の荒熊さんと上った。試走が禁止されている以上、チームのロゴ入りのジャージを着るわけにはいかない。服装は市販のウインドブレーカーにベースボールキャップ。デイパックを背負って走る。「堂々と、しかし目立たずに走れ」とあぶさんは言う。難しい注文だけど、それほどスピードを出さない。

それにしても箱根の山上りは厳しかった。二三・四キロを一時間四十分で走った。ゆるいペースだ。車やバスの行き来があるから、気をつけて道脇を走った。本番のようにカーブのときに大胆に道を突っ切るコースは取れない。ゆるいペースが結構足腰にくる。

帰りは電車。箱根登山鉄道の中では、念のために会話をしなかった。

「これなら、思い切り走ったほうがラクなんじゃないですか」

小田急線《おだきゅう》に乗り込んでから、三十万先輩に聞いた。

「特に5区はね。一年のとき、試しにコースを歩いたんだけど、四時間近くかかったよ。あれが一番疲れる」

荒熊さんもうなずいている。ペースが遅いのに疲れる、という初めての経験をした。

「ひょっとして、これがあぶさんの狙《ねら》いですか。本番のペースのほうがラクだと思えるといった……」

「どうかな。本当は一時間二十分くらいのペースで走ったほうがいいんだろうけどね」

「たぶん……今度の山上りも三十万先輩なんでしょうけど。どんな作戦で行くんですか」

「作戦って、実はあんまりないんだよな。１区や２区と違って、山上りは集団になりにくい。カーブのコース取りをきちんとやることくらいかな」

「前回の反省とか、あるでしょう。教えてください」

うん、と三十万先輩はうなずいた。

「結局、気持ちなんだよ。他のフラットな区間では、気を抜いてもだいじょうぶな時間帯があるもんだ。でも５区は山を上り切るまで、気の休まるところがない。そういうきびしさは繰り返し聞かされていたけど、実際に走ると予想以上だった。そこを調整したい」

荒熊さんがうなずいている。でもおれにはちっともわからない。

「どこを調整するんですか。具体的に教えてください」

「そうだな。ペース配分はきちんと考えた上で、だいじょうぶ、だいじょうぶと言い聞かせながら走ったんだけど、それじゃ気持ちが足りない。もっと気持ちを強くしないとダメなんだ」

「だから、そこをもっと具体的に。気持ち気持ちって言われてもな」

適度の疲労感、充実感から、生意気な口を利いてしまった。

それでも三十万先輩はうんうんと思案している。

「無事に走り切る、という気持ちじゃダメ。いのちがけと言うか……ゴールに大事な人が倒れていて、助けに行くときの気持ちだな」

ぐわっと背中が熱くなった。この実感は走った者にしかわからない。試走そのものよりも、ここで三十万先輩の言葉を聞けたことが大きい。

「よくわかりました。野球でもサッカーでも、よく〝気持ちで勝った〟って言うじゃないですか。あれがおれは嫌いで。あいまいで適当な言葉だと思うんですよ」

「いや、あれはあれでいいんだよ。気持ちって、百人いれば百通りあるんだから。試合を見ていたファンは、自分のことに置き換えて感動すればいい。あいまいでいいんじゃないかな」

「おれたちランナーは具体的でないと困りますよね」

「自分で考えることじゃないかな。これがおれの考える気持ちの強さだって」

電車が登戸《のぼりと》に着いた。いつもの土手まですぐだ。ここから合宿所まで約十キロ。夕日に押されるようにジョギングをした。

26

師走の朝。薄暗い土手に上ったとき、箱根のエントリーメンバーの発表があった。去年と同じタイミングだけど、緊張感が全然違う。出雲駅伝での激走もあるし、今回はひょっとしたら、と思えるくらいの調子の良さだから。十二月に入り、「チャンス、あるでぇ」と曲木が言っていた。

秋の深まりとともに、ケガ人が続出した。いや、元々抱えていたケガが悪化したケースがほとんどだ。頑張れば頑張るほどケガの危険に近づくことになる。長距離選手は常にそのジレンマを抱えている。

トラック練習のとき、主力候補の三年生がケガの報告をしたあと、「四年目のジンクスか」とあぶさんは悔しげにつぶやいた。なんだそりゃ、と思って真根センに聞くと、少し考えてひとつうなずいた。

「こういうことだと思う。箱根を連覇した強豪は、なぜか三年目か四年目に失速する。連覇すれば、さらに上を目指そうと欲が出るよね。明確な目標があって、しかも連覇した自信やプライドや意地があるから、当然のように練習のレベルが上がる。すると故障者が出てしまい、チーム力は落ちる。ウチの場合は……前回も前々回もその前も十位だろ。次は上位に食い込むぞと明確な目標ができる。あとの流れは強豪校の場合と一緒だ」

脚や腰のケガが思わしくなく、箱根は無理だと判断された上級生が五人もいた。「実力があるがケガの不安がある」と、「実力では劣るがケガの不安はない」を比べたとき、襷が途切れる最悪の事態を考えると、ケガの不安のほうが怖い。ここがエントリーの難しさなのだろう。

母さんの顔を思い浮かべた。大きなケガとは無縁でこられたのも、丈夫に生んで育ててくれた母さんのおかげだ。

あぶさんの口から白い息が漏れる。

いつもよりも早口で名前を呼ぶ。四年生の名前が未明の寒風に飛ばされていく。四年と三年の名前を次々に挙げ、「相生」が出てきた。これで終わりかと思ったら「走水」とあぶさんは言った。

心臓が飛び出しそうになった。

ひょっとしたら、と思っていたくせに。

メンバー選考についてあぶさんはなにも言わず、朝練が始まった。「タケル、やったな」と曲木がささやく。うなずくのが精一杯だった。

暗い空を見上げながら走る。

おれよりもタイムがよくて強い部員がいるのに、とはまったく思わない。ケガ人続出でおれが選ばれた、とも思わない。幸運だとも思わない。今、ここにあるのは選ばれた事実だけだ。

期待されたってことだ。

だったら期待に応えてやれと思う。走水剛を選んで良かったと思い知らせたい。

この喜びを誰に伝えたいのか。母さんにはさっき感謝したから、やっぱりおやじの眼面が浮かんでくる。おやじは「当然だ」という顔をしている。おやじがいいのは……喜んでくれないところだ。思いもしない方向からきびしい檄《げき》が飛んでくる。どんな説教が飛び出してくるのか、それを聞いてみたい。


朝食を終えたとき、真根センに手招きされた。

「シューズ、二足使ってるよね」

そう言う。月に千キロも走るから、シューズはすぐにダメになる。それで二足を交互に履くんだ。三足をローテーションで使う上級生もいる。

おれも青いシューズを二足使っている。交互に履くとわからなくなるからと、曲木なんかは色を変えているけど、おれはまったく同じシューズだ。

「もう一足、追加しよう。本番まで、三足で回すんだ」

　真根センが小声で言う。そういうもんかと、おれはうなずいた。でも、二足とも先月替えたばかりだし、本番から逆算しても靴底のすり減りは問題ない。

　そんな気持ちが顔に出たのか、真根センはめずらしく眉を寄せて、「いいね」と念を押した。


　その三日後。

　渋谷のシューズショップへ行こうとした。二子橋《ふたご》をわたってニコタマまで軽く走ろうと合宿所の玄関に立つと、強烈な違和感を覚えた。

　いつものとおり、色とりどりのシューズが並んでいて、花壇のような華やかさだ。雑然としているようで、各人のシューズの位置はなんとなく決まっている。おれのシューズは出入口近くの片隅。みなと離れたポジションが気に入ってるんだ。ここでシューズを脱ぎ、先輩たちのシューズを踏まないように合宿所に入る。出るときはカラフルなシューズをまたいで自分のシューズを取り、玄関の外でしっかりと履く。

　違和感の正体はすぐにわかった。青いシューズの片方がない。右足のほうがない。

　定期や財布が見つからないときのように、軽い不安が頭をよぎる。でもたいていはバッグのどこかに入っていたりする。

　ざっと捜したけど、見つからない。

どこへいった？　他のシューズに紛れないポジション取りなのに。

首を傾《かし》げると、骨がグキリと鳴った。

揃《そろ》っているものが揃ってない。無意識に腕を組んでしまった。ムカツキや不愉快とは少し違う。出端をくじかれたようで、なんか情けなくなってくる。

ないものはない。

おれは自室に戻って、予備のシューズを持ってきた。

途中で真根センに会った。真根センはおれが手にしたシューズを見て、「どうした？」と聞いた。わけを話すと、白い顔がみるみる険しくなった。

「片方だけ、ないんだね。間違いないね」

「わかりやすいところに脱いでますから。そのうち、出てくるでしょ」

「わかった」

真根センはそう言うと階段をかけあがった。


翌々日から玄関の風景が変わった。シューズの数がずいぶんと減った。今までの半分くらい。花壇の植え替えのようだった。

並んでいるシューズはエントリーされた部員だけ。もちろんおれの青いシューズもある。曲木や貫たちのシューズが消えたんだ。

エントリーから漏れた部員は、いったん合宿所を出ることになった。年内いっぱい、曲木たちは実家に戻る。

合宿所で過ごすのは十六人だけ。みなとは元日に合流する。

風邪対策。その強化だ。

あぶさんはいつも言っている。

「箱根を走るランナーにとって、敵は他大学のランナーだけじゃない。風邪だ。一年でもっとも風邪が流行《はや》る時期だ。おれたちは合宿所で生活をともにしてるから、一人が風邪をひくと、あっという間に拡がってしまう」

だから、風邪予防には細心の注意を払っている。外出時には常にマスクを着用しているし、合宿所には空気清浄器が十台くらいあるし。十一月以降はOBの慰問《いもん》もお断わりしてる。合宿所に風邪を持ち込ませない。ただし、あの目玉ジイさんだけは例外で、毎日食堂にやってきては酒をあおって帰るんだけど。

「これだけ気をつけていても、風邪をひいてしまうこともある。不思議なことに、風邪をひくのはエントリーから漏れた部員なんだ。……おれが現役のときもそうだった。医学的な根拠があるわけじゃないんだけど、緊張というか気合いというか……それが全身から抜けてしまうんだろうな。エントリー漏れしたことで、がっかりする。そこに風邪のウイルスが忍び寄るのかもしれない」

気合いがみなぎっている十六人だけでラストスパートをかけようってわけなんだ。

でもなぁ……。

曲木たちが去ったあとの食堂は風通しが良すぎる。

おれは真根センに詰め寄った。

「やりすぎじゃないんですか。部員全員で箱根を走るんでしょ。正月まで実家に帰ってろってのは……。隔離ってことですよね」

真根センは、おれの目を真っすぐに見つめてうなずいた。

「強豪校では常識になってることなんだけどね。あぶさんはそこまでしなかった。去年は、やらなかっただろ。でも今、決断したんだ」

「全員で走るって絆と、風邪の影響と。それを天秤にかけたってことですか」

うん、と真根センがうなずく。

目線の先がおれの右足にある。部員は室内では上履きを履いている。スリッパ使用は来客のみ。階段の昇降などはスリッパで躓《つまず》くこともあるという。おれの左右の上履きには「タケル」とマジックで書いてある。

「好機と見たんだ。あぶさんは今しかないと思った。……タケルのシューズ、片方、なくなっただろ」

顔をあげて、おれは真根センの目を見つめた。

「あれは、エントリー漏れの部員の仕業だよ」

「えっ？」

「嫉妬。やっかみだよ。タイムがそれほどよくないタケルが選ばれて、なんで自分は漏れたんだ。そんなやっかみだ」

「靴を片方隠すなんて……。そんなの、小学生のいじめと同じじゃないですか」

「いくら歳を取ったって、そのへんの心理は変わらないんじゃないかな。大学でも社会人でも、集団にはいじめの芽があるんだ。わたしはむしろ、スポーツ選手の嫉妬のほうが強烈だと思うよ。それも男の嫉妬のほうがやっかいだ。集団で戦う競技の場合は、それが必ずついてくる。タケルは……今まで、嫉妬されることがなかっただろう。悪いけど、嫉妬されるほどの力がなかったんだ。力をつけてくると、そういうことが起こるんだよ」

嫉妬って。そんな情けないヤツがうちにいるのか？

毎朝、多摩川の土手を走って、同じ釜のメシを喰って、腹筋やってネックをやって。そういう仲間が……おれは胸の中で激しく頭を振った。

「このままだと、嫉妬がエスカレートするかもしれない。あぶさんは、そうなる前に手を打った。そういうことだ」

「つまんねえ話ですね。もし、そんな気持ちになったとしたって、走ってるうちに折り合いがつくもんじゃないですか。その、嫉妬とかやっかみとか、そんなもんは、走ってるうちに消えちまうんじゃないですか」

「そうじゃない者もいる。……シューズを片方隠すって、かなり悪質だよ。ランナーにとっていちばん大事なものだ。児戯《じぎ》とは言えないレベルだ。同じことを、あぶさんも感じたんだと思うよ」

胸に墨汁が広がるようで、ムカムカしてきた。本番まであと一か月っていうときに。

おやじの顔が浮かんでくる。おやじなら、どういう反応をするだろうか。将がいじめに遭ったとき（おやじの誤解だったけど）、原因究明も事情聴取もなく、すぐに将を転校させてしまった。今のあぶさんのやり方、そのときのおやじに似てないかな。

おやじは集団から将を遠ざけたけど、あぶさんはエントリー漏れ全員をおれたちから遠ざけたんだ。

「いい手を指した。いい監督だ」

おやじが不機嫌そうに言う。その面を思い浮かべたら、胸の墨汁がみるみるうちに消えていった。

どういうわけか、笑いがこみあげてくる。

おれは仰《の》け反《ぞ》って笑い声をあげた。ちょっと大げさに。

真根センが目を丸くしている。

「わかったわかった、わかりました。犬の仕業だ。あれは犬がくわえて行ったんだ。土手を走ってると、おれの足元に犬が寄ってくることがあって。おれのシューズ、入り口に近いところに置いてたし。おれの足の臭いが好きなのかもしれません」

「犬……か」

「犬です。だから嫉妬だのやっかみだのの話は終わり。単に風邪予防の強化ってことで。それでいきましょうよ！」

「そうだな。そのセンでいくか。タケルのポジティブ思考、うらやましいよ。タケルの足の臭いが好きな犬で良かった」

真根センが口の両端をあげて肩をすくめた。アメリカの俳優がやるように。おれも大げさに肩をすくめてみせた。

27

十六人がジャージを着て背筋を伸ばして椅子《いす》に座っている。

師走の午後三時。スカスカになった食堂に特別ゲストがやってきた。マラソンの元日本代表・富士好俊《ふじよししゅん》。美竹大OBで、あぶさんが一年のときの四年生だ。

すらりと背が高い。腰の位置が高く、三十万先輩と比べると足の長さが倍くらいありそうだ。上下濃紺のジャージをまとっていて、多摩川の土手を入ったついでに合宿所に立ち寄ったような感じだった。

あぶさんがペコペコと頭を下げている。

「この時期、合宿所は来客禁止なんだけど、今日は特別。マラソンの富士好さんだ。忙しい中、来てくださった。箱根に向けて、みんなに気合いを注入してくれるそうだ」

あぶさんが紹介すると、富士好さんは「いやいや」と目を細めて右手を振る。偉そうなところがない。髪もさらりと長くて、笑顔の似合う爽《さわ》やかなお兄さんだ。

「箱根では母校が優勝候補だから、その敵に塩を送るのもなぁって思ったんだけど。あぶの頼みだから、多摩川を越えてきました」

　自然と拍手がわいた。おれも思い切り手を叩いた。

「長距離走の〝流れ〟について、話します。よく、流れって言葉、耳にするでしょう。なんですか、流れって？」

　富士好さんの右手人差し指がおれの鼻先に向いた。おれは「はい」とはっきり返事をして立ちあがった。

「よくわかりません。それなのに、指導者も解説者も流れ流れって言う。おれも、その流れってヤツがなんなのか、ずっと疑問に思ってるんです」

　そう言って腰をおろす。富士好さんが満足そうにおれを見てうなずいた。

「そうだよね。流れって目に見えないものだし、あいまいな言葉だと思うんだよ。わたしも君と一緒で腹立たしい」

　おれは富士好の目をみた。「君と一緒で腹立たしい」って、おれは大先輩に向かってイラついた物言いをしちゃったのか。

「わたしが嫌いなのは野球解説。『今のプレーがいい流れを作った』とか、『このエラーで流れが変わった』とか言うでしょう。『悪い流れを断ち切るヒット』とかね。空気の流れ、みたいに見えないものだから、解説者にそう言われると、こっちもわかったような気になるけど、具体的にはちっともわかってない。公共放送で、そんなあいまいな言葉を使っていいのかって思う。特に高校野球がひどい。天下のNHKのアナウンサーも平気で使う。『ダブルプレーで一瞬のうちに相手攻撃の流れを断ち切った』なんて言うだろ。でもそのチームの次の攻撃が三者凡退《ぼんたい》だと、『いい流れをモノにできなかった。悪い流れです』なんてね。いい加減なこと、言うな！　って」

笑い声があがる。

おれは手を叩いた。まさにそのとおり！

富士好さんの言ったことは、おれがずっと感じてたことだ。高校のとき、優一と話したことがあった。「駅伝には流れがある。その流れに乗ることが大切」と陸上雑誌に出てい て、「意味わかんねぇ」と優一が笑っていた。

「目に見えないものを、なんでもかんでも〝流れ〟って言うところが腹立たしい。解説者はプロなんだから、あいまいなものを、できるだけ具体的に説明してほしいわけだよ。スポーツゲームの中の流れって、その瞬間にしかないものだろう。それを明快な言葉にする努力が足りないんだよね」

富士好さんはにっこり笑って「野球解説に対するグチは、これで終わり」と言った。

「じゃあ、長距離はどうだろう。特に駅伝にも、流れって言葉がよく出てくる。『1区と2区で作った良い流れを、5区の山上りまで守り切った』なんてね。これも、野球解説と一緒で、あいまいだよね。レースは生きものだから、そのレースの流れって、その場所にしかないものだ。それを解説者は明快に言葉にしてほしい。

じゃあ、箱根駅伝の良い流れって？　1区走者が堅実に走り、2区ではエースが快走して、3区で先頭集団に喰らいついて、4区でトップに立ち、5区で力走して往路優勝。こんなのは誰が見たって最高の流れだよね。わたしが考える〝良い流れ〟の定義は、ズバリ、『悪い流れを作らないこと』だ」

そこまで言うと、富士好さんはミネラルウォーターのペットボトルに口をつけた。

「禅問答《ぜんもんどう》みたいだろ。でもだいじょうぶ。具体的に言うから。じゃあ、悪い流れって、なんですか？」

長い指先が三十万先輩に向く。三十万先輩は背筋を伸ばして、「ブレーキをかけてしまうことです」と答えた。

「そのとおり。ではなぜブレーキがかかる？」

またおれを指す。高校時代の自分の経験を思いだし、すぐに答えた。

「焦って、突っこむからです」

「そうだよね。じゃあ、なぜ焦る？　前の走者が遅れたからだろう。自分がなんとかしなきゃ、って思うからだ。ここなんだよ。駅伝の流れを決めるのは」

またペットボトルに口をつける。500ミリリットルをあっという間に飲みきった。一瞬で大量の水を身体に入れる。マラソンランナーのスキルなのだろうか。

「1区ランナーの調子があがらず、遅い順位で2区に襷が渡ったとする。2区ランナーはどう走るか。焦って順位を挽回《ばんかい》しようと突っこむか、それとも自分のペースを刻んで堅実に走るか。ここで流れが決まるんだ。『自分がなんとかする』ってメンタルは、とても尊いものだ。特に2区はエースだから、どうしても気負ってしまう。しかし駅伝の場合はダメなんだ。『自分のできることを、確実にやる』ことが大事なんだ。

さらに具体的に言おう。3区に襷が届いたとき、トップ走者と二分差だったとするよ。往路走者は自分を含めて三人だ。この三人で、なんとか二分差を縮めればいいんだ。自分ができることをしっかりやって、襷を渡せばいい。つまり、仲間を信じること。これこそが、駅伝の良い流れだ」

おれは何度もうなずいた。

「そんなこと、当たり前だと思うだろう。ところが、十人がそう考えられるチームって、なかなかないんだよ。焦って突っこんでいく走者が出てくる。それが箱根駅伝なんだ。そういう雰囲気なんだ。……ウチだって、そうだったよな」

富士好さんがあぶさんを見る。あぶさんが口をむすんでうなずいている。

「あぶがいたころの美竹は最強チームって言われててね。そういうチームって、十人全員のタイムがいいから、おれがなんとかするって思っちゃうんだよな。そうだったな」

あぶさんが無言の笑顔を富士好さんに向ける。

「三年のときだったっけ？　全日本でさ。おまえ、何区だったっけ？」

「先輩、その話は、ちょっと」

あぶさんが苦笑いしている。いつもは落ち着き払っているあぶさんが、素の表情を見せている。なんか、わくわくするような光景だ。

「君たち、橙大《だいだい》の水野監督、知ってるだろ。水野とあぶはタイムを競い合うライバルでね。二人の頑張りが、チームを引っぱっていたんだ。そのときの箱根は総合優勝。だけど、その前の全日本では五位だった。あぶがブレーキになったんだよな」

表情を立てなおしたあぶさんが、「はい」と息を吐《は》くように言った。

「水野が順位を落として、あぶに襷を渡した。あぶは自分がなんとかしようとして、突っこんで、さらに順位を落としたんだ。二人は両エースだったから、水野の借りを返そうとしたんだよな。強く走れるランナーでも、簡単に悪い流れを作ってしまう。駅伝の怖さでもある。あぶ。このことを、おれに言わせようとしたんだろ？」

あぶさんが最敬礼した。自分のこと、自分じゃ言いにくいよなぁ。

「まあ、そこからは水野もあぶも頑張って、箱根ではしっかりと良い流れを作って勝ったんだよ」

あぶさんが小さく右手を挙げた。「ん？」と富士好さんが鼻の先を向ける。

「先輩、デッドヒートの話、いいですか」

「わかってるって。これから話すよ。ええと、走水君？」

名前を呼ばれて、おれは思わず右手を天に伸ばした。われながら素早い動きだった。

「君か。君のお父さんは、将棋の走水八段なんだってね。将棋の話をするよ。プロの将棋って、必ず僅差《きんさ》になるんだよね」

「そうらしいです。聞いたことがあります」

「局面が進むと、形勢はどちらかに傾く。劣勢側にとって大事なのは、大きな勝負手を打つことじゃない。さらに離されないように、堅実についていくことなんだってね。相手もミスをする。有利だからこそのミスというものもあるそうだ。そのとき、差が縮まる。それが繰り返されると逆転する。それが将棋の面白さなんだってね」

トッププロの対局は、常に一手差の勝負になる。将が得意げに言っていた。「必ずデッドヒートになる。一手差だよ。大差になるのは、そもそも将棋じゃない。一手差で負けるってことは、一手差で勝てるってことだ。紙一重なんだ」と。

「駅伝も同じだよ。追う側は堅実についていけばいい。先を行く他校の走者にブレーキがかかるかもしれない。そうでなくても、十人が自分の実力を出し切れば、デッドヒートに持ちこめるんだ。なんだか、君たちを追う側の立場として話しているけど、現実に順位は十位だから、謙虚に受け止めてほしい。修学院は堅実に後ろから迫ってくる。上位校に、そんな印象を植えつけてほしいんだ」

あぶさんがちらと壁の時計を見た。三時半ちょうど。そのしぐさが合図だったように、富士好さんが「以上です」と言って頭を下げた。おれたちは一斉に立ちあがり、最敬礼した。

富士好さんが入室してから三十分。しっかりとペースを刻み、十キロ地点を過ぎてもグイグイ走れそう。そんな三十分だった。

28

土手を流しているときに初日の出を拝んだ。「初日の出だ」と先頭を行く仲根キャプテンがつぶやくと、「おっ」とか「よし」とか、短い気合いが続いた。

特に近隣の神社に初詣《はつもう》でに行ったりはしない。いつもと同じことを淡々とこなす。「先頭！　ちょっと速いよ」というあぶさんの掛け声もいつもと変わらない。澄み切った朝の冷気も年末からずっと変わらない。

元旦《がんたん》。箱根駅伝前日だ。いやでも気合いが入る。明日からの二日間のために何万キロと走り込んできたのだ。

十二月頭のメンバー発表に続き、二週間後にも背骨に電流が走った。直前のエントリー変更の余地は残っているものの、箱根駅伝を走る十人に入ったのだ。

1区 若命（4年）
2区 仲根（4年）
3区 相生（2年）
4区 伊香内（3年）
5区 三十万（4年）
6区 荒熊（3年）
7区 林（4年）
8区 走水（2年）
9区 末永（4年）
10区 浜崎（4年）

おれは遊行寺坂《ゆぎようじ》に縁がある。

あぶさんの部屋の区間シミュレーションの光景が頭に浮かんでくる。チームで決めた試走以外に、二度遊行寺坂を上っている。いつも三十万先輩が一緒だった。

そういった情報があぶさんに伝わったのかもしれない……。

自分のことのように嬉しいのが相生の3区だ。おれと表裏一体。二度目の横須賀《よこすか》行きの帰り、相生は疲れも見せずに遊行寺坂を駆け降りていった。そういう情報もあぶさんに？

と思ってしまう。

圧倒的な期待がおれにかぶさっている。武者震い、というものを初めて経験した。


レース前日には唯一、決まりごとがある。日中、絶対に昼寝をしない。食後に身体を横たえてひと休みするとき、猛烈な睡魔が襲ってくる。十分でも二十分でもその誘惑に身を任せると頭がすっきりする。普段は推奨《すいしょう》されている昼寝が、箱根駅伝の前日にかぎっては禁止になる。

一九六四年の東京オリンピックのとき、日本の重量挙げチームが採った調整法だという。大舞台に臨む前日には緊張して眠れない。日本中の期待を背負って臨むオリンピックならば無理もない。試合で力を出し切るにはよく眠っておくことが絶対だから、チームは一計を案じた。本番前日はいつもよりも一時間早く起きる。軽く調整したあとはウォーキングをし、あとはマージャン。選手もコーチもゲームに没頭して余計なことを考えない。身体を少し寝不足状態にしておき、適度に脳を疲れさせて、すみやかに睡眠に入る工夫だ。これで三宅《みやけ》選手は見事に金メダルを取った。最高の成功例だし簡単な原理なので真似《まね》しないテはない、とあぶさんは言った。マージャンはしないけど。

朝食と昼食の後は食堂で談笑した。テレビでは実業団のニューイヤー駅伝をやっていたけど無視した。お笑い番組をぼんやりとながめた。

折り畳み式の将棋盤を広げて回り将棋をやっている連中もいる。明日エントリーされている選手の中には使い捨てマスクをしている人もいる。

食堂では二台の加湿器が盛大に息を噴いている。乾燥防止だ。「縁起が悪いで。完走防止やからな」と曲木が言った。でも湿度に満ちた食堂にいることが最善手だ。不用意に出歩き、風邪を移されたのではたまったものではない。実際、ある大学のOBが現役時代、テレビに映るからと年末に床屋に行ったときに風邪を移されたという。床屋のおやじが頭上でいやに咳き込むと思っていたら翌日から高熱を出し、その年の出場は叶《かな》わなかったというから泣くに泣けない。

作戦どおり、夕食後には穏やかな睡魔がやってきた。十二月に入ってから、夕食は五時集合にシフトしている。本番前日のタイムスケジュールを見据えて、普段よりも二時間早めた。消灯は八時。「ひと昔前なら、〝全員集合〟しとる時間やで」と曲木がわけのわからないことを言った。

前日のあぶさんの話はなし。気合いの入る訓話も安眠の妨げになるからだろう――と真根センが言った。冬の空気のようになにもかもが過敏になっている。ドアのノブに触れればビリリと静電気が走るように。

三時ちょうどに起きた。それほど深い眠りでもなかった。目覚めた瞬間から頭が冴《さ》えている。なにをどう工夫しても、熟睡なんてできやしない。身も心もオンになっている。

全員で軽く土手を流し、早めの朝食を摂る。

食堂で往路のメンバーを送り出す。おれは三十万先輩に「ナイスファイト、ナイスガッツ、ナイス気合いです。プラス、ナイス上り、ですよ」と声をかけた。三十万先輩は右手で拳《こぶし》を作り、力強くうなずいた。

くっきりとした晴天だ。風が冷たい。日が昇るにつれて風が強くなるという予報だった。往路を走る選手とサポート部員は各区間まで電車移動をする。復路メンバーとその他は大手町で1区走者のスタートを見届ける。

号砲が鳴った。

若命さんが走りだす。

ターコイズブルーのユニフォームに濃い青の襷。ユニフォームと襷のコントラストは修学院大が一番だ。青空色が朝日の中に飛び出していく。

必勝を信じ、おれたちは合宿所に戻る。駅を出て、小走りで商店街を抜ける。正月で人影も少ないが、必ず声をかけられる。「あれ？　箱根駅伝じゃないの」と。チーム全員が芦ノ湖ひとつの会場に集まって競技する、というのとはまったく違う。往路の夜は全員が芦ノ湖の宿に泊まるように思えるけど、実際には往路メンバーはそれぞれ合宿所に戻ってくる。

復路走者も6区以外は合宿所から各中継所に出陣する。いつもどおりの雰囲気で過ごせることがありがたい。

全員で食堂のテレビに見入る。

鶴見中継所。若命さんから仲根さんに襷が渡った。五位だ。トップとの差は四十五秒。素晴らしい立ち上がりだ。

仲根キャプテンが走る。

椅子に座って観《み》ているだけなのに心搏数が上がる。脚や肩に力が入ってしまう。画面はトップ集団を頻繁に映し、それがこの食堂にもプレッシャーを与える。2区は他校のケニア人留学生が二人走る。じっと座って三十万先輩の往路ゴールまで見続けるのは、正直しんどい。サポートに出て忙しく動いているほうがラクだ。

仲根さんは三つ順位を下げて戸塚《とつか》中継所に入った。

相生が襷を受け取り、いつものように弾けるように走りだした。

「相生、行け！」とおれは怒鳴った。自分にも気合いを入れるためだ。

明日、おれが走る道だ。何度も走って風景を目に焼きつけておくと、テレビで観たときに安堵《あんど》感がある。画面では長い距離に思える直線も、それほどのものじゃないとわかっている。

相生が転がるように坂を下る。絶対に期待を裏切らない男だ。フォームが頼もしくてしかたがない。おれの全身も燃えるように熱い。今日はもう、心搏数を上げない予定なのに。

湘南《しょうなん》の海岸に入った。選手たちの髪が強くなびいている。海からの風が強くなった。それほど冷たくない風だ。上位の走者が湘南大橋にさしかかると、いかにも走りにくそうに脚を出している。長髪の選手は、髪が視界をさえぎって気が散らないのか。橋に乗った相生は強風にも動じない。

相生は七位で襷を渡した。いいペースだ。

4区は安定感抜群の伊香内さんだ。

一年のときから三年連続で箱根を走る。鼻筋の通った凜凜《りり》しい顔が映る。いいぞ、と思う。「順位をひとつあげて三十万先輩に襷を渡す」って、決意が顔に書いてある。

強豪校は〝山の神〟とか〝上りの鬼〟とか言われるスペシャリストを5区に擁《よう》しているけど、おれは三十万先輩が区間新記録を取ると信じている。そうなったら——おれはひそかにプレゼントを考えている。

次の休日、また横須賀にジョギングに出かけて、穴子天丼を食べる。そのときにビールを飲む。「穴子天、ビールが飲みたくなるな」と三十万先輩は言っていたから。二人で祝杯をあげるんだ。

伊香内さんは決意どおりに六位で小田原中継所に入ってきた。

中継所付近ものすごい風のようで、のぼりや手旗のなびきが普通じゃない。洗濯物なら十分くらいで乾きそうだ。道路上にある交通標識もゆらりゆらりと揺れている。

三十万先輩が青い襷を受け取った。

ランニングシャツではなくターコイズブルーのTシャツを着ている。風が暖かいせいか、5区走者が常備するアームウォーマーをつけない選手がほとんどだ。三十万先輩もつけていない。

「三十万先輩！」

おれが怒鳴ると、食堂に手拍子が起こった。瞬間、乾いた破壊音がした。プラスチック製の湯呑みがひとつ、隣りのテーブルで弾んでいる。誰かの手にあたってすっ飛んでいったんだ。

手拍子で三十万コールだ。トップとの差は三分あるものの、五位との差は一分十五秒、さらに四位とは一分五十秒差。射程に入っている。

三十万先輩の後続は遅れている。4区の風景を見ていると、強風が吹き荒れるときと風が弱まるときがあった。伊香内さんはその中をタイミング良く進んだんだ。いつ風が強くなるかなんて誰にもわからない。ついている。あぶさんが過剰にライバル視している橙大ははるか後方だ。

三十万先輩が単騎で前を追う。

左に温泉街を眺めるゆったりとしたコースを快調に進む。

箱根湯本駅を通過。賑《にぎ》やかな町並みを抜け、山の懐へ飛び込んでいく。

「風、だいじょうぶかいな」

曲木が心配する。これまでは海からの風だったけど、5区は山颪《やまおろし》が吹く。

「懐に入っちゃえば、案外だいじょうぶらしいよ。4区の強風に比べれば。それに、三十万さんだけに吹くわけじゃないから」

岩井が言う。そうかもしれないけど、4区の伊香内さんは風の呼吸の気紛《きまぐ》れに恵まれたんだ。

日の差さない山道にさしかかった。

テレビカメラはトップのせめぎ合いを追っている。

結構な風だ。トップの美竹大走者がうつむき、上目遣いに進んでいる。すぐあとを文英大が追っている。

給水所には伊地が詰めている。伊地が付ける力水まで、強い気持ちでぶっとばしてくれ。

トップ集団が三位と四位の並走に吸収された。五位の竜岡大が遅れ始めた。

三十万先輩、まずは竜岡大をとらえてくれ。

山上りの先頭に四校が並ぶ。

映像はずっとトップを映し続けている。

そのとき、急に放送のトーンが変わった。

なんだか、気配がバタバタしている。

「修学院？」「脱水？」「危ないぞ！」と、緊迫したささやきが漏れてくる。

「危険な状態かもしれません！」

急にアナウンサーの声が大きくなった。

「六位を走る修学院大です。三十万、だいじょうぶでしょうか」

おれたちは画面に首を伸ばした。

だいじょうぶかだと？

十八キロ過ぎ、最高地点の付近だ。

画面が切り替わった。

三十万先輩がよれよれと走っている――。

さまようように。

どういうことだ？

こんな三十万先輩の姿、初めて見た。

あぶさんが管理車から降りてきた。

なんで降りる！　あぶさんは水のボトルを渡そうとする。それを三十万先輩は受け取れない。

あぶさんが寄り添ってることもわからない……。

あぶさんが必死で声をかける。

「三十万先輩！」

おれは思い切り叫んだ。

どうしたんだ、三十万先輩！

とりあえず給水してくれ。先輩の好きな冷たい水だ。

そうすればシャキッとするから。

「三十万、聞こえるか！」

あぶさんが怒鳴る。

急に風が強くなったとテレビが言う。信じられないくらい冷たい風だと。

たいへん危険な情況だと。

「非常に冷たい風が、急に吹き下ろしてきました。修学院大の三十万、低体温症の疑いがあります」

アナウンサーが言っている。

「脱水じゃないのか！」

誰かが叫んだ。

そしてついに——。

あぶさんが三十万先輩を抱きかかえた。

あぶさんが目をつぶって首を横に振っている。

三十万先輩が観念したように膝《ひざ》を折った。

崩れた身体を、あぶさんが抱きしめている。

リタイアだ。

「わーっ!」

悲鳴があがった。

「三十万先輩!」

おれは腹の底から怒鳴った。

「修学院大の三十万、監督の問いかけにうなずいています。声は聞こえているようです。油谷監督、賢明な決断です。たいへんつらい決断ですが」

テレビがしゃべっている。

トレーニングルームで傾斜をつけて激走していた三十万先輩。きついトレーニングなのに、いつもどおりにひょうひょうとした表情で足を出していた。

その三十万先輩が、箱根の山で座りこんでいる。

いつだったか、奈津が言ったことが不意に浮かんだ。

いい小説は時の流れを止め、輝かせる――。

三十万先輩の走りも、時を輝かせるはずだったのに。

だけど——。

本当に時を止めてしまった。

啜《すす》り泣く声。

誰かがテレビを消した。

ターコイズブルーの襷が、今消えた。

29

三十万先輩は小田原の病院に一日入院することになった。

往路走者が合宿所に帰ってきた。

相生が目を腫《は》らしている。仲根さんもいつもの朗《ほが》らかさの欠けらもない。若命さんも伊香内さんも、口を一文字に結んだままだ。ターコイズブルーの上下ウインドブレーカーが汚《よご》れて見える。暗くくすんで汚《きたな》らしい色に見える。

若命、仲根、相生、伊香内、三十万。

往路最強のメンバーだ。エントリーを聞いたとき、配置の手腕に感心した。誰をどの区間に置くのか。悩ましく難しい問題だ。しかし決まってしまうと、これ以上の配置はないと思えた。

その最強の往路メンバーが、うなだれて合宿所に帰ってきた。

三十万先輩不在のままで。

四人は言葉なく部屋に引っ込んだ。

こんなことが、現実になっていいのか。

正月の二日に、こんなに凹《へこ》むことがあっていいのか。

おやじが言っていた日本人の美徳。正月はみんながひとつ歳を取るお祝いだ。誰にとってもおめでたい。正月には不愉快なことがあってはいけない。それが日本という国の美徳なんだ——と。

箱根駅伝は出雲や全日本とは違い、走者やサポート部員が一か所に集まって各中継所へ散る、ということがない。百キロを超す箱根への道程は長い。

神奈川に合宿所のある修学院大は恵まれている。基本的には宿に泊まらない。眠り慣れた部屋、ベッド、枕で前日の睡眠をとる。

6区走者は芦ノ湖のホテルに泊まる。早朝にスタート地点で監督会議に出るあぶさんやサポート部員たちも一緒だ。7区以下の走者も当日移動。

復路のメンバーは6区を走る荒熊さんを除いて、林さん、おれ、末永さん、浜崎さんが食堂に集まっていた。

午後四時を回り、厨房《ちゅうぼう》からいい香りが漂《ただよ》い始めた。しっかりと夕飯を喰い、明日に備える。記録なしのオープン参加だろうとなんだろうと関係ない。テレビに映る映らないも関係ない。最高の走りを、自分と仲間に見せるために。

「おうおうおう!」

よく通る声が食堂に入ってきた。例の目玉ジイさんだ。今日も上下ジャージに水色のどてらを羽織っている。目玉がひときわ大きく見える。

いつものように勝手に即席カウンターを作ると一升瓶とコップが出てきた。自分で酒を注ぎ、半分を一気に呑《の》んだ。

「なんだありゃ。なにやってんだ」

三十万先輩の途中棄権を自宅で見ていたのだろう。静かながらドスが利いていて、おれたちは声も出なかった。

「残念だ。ああいうことは、あっちゃいけないんじゃないのかい」

でも、とおれが声を出そうとすると、林さんに「タケル！」と小声で制された。

「ずっとおめえたちを応援してきて、晴れの舞台でああいうことになっちまったら、こっちはどうすりゃいいんだい。正月だぞ。なんでこんな気持ちにならなきゃいけないんだ」

おれは右手の拳を強く握り締めた。

いい歳をしたジイさんが、自分のことばかり並べたてやがって。

おれたちは孫みたいなもんじゃないか。こっちだってガキじゃないから涙を流さずに堪《こら》えているけど、豊かな人生経験を生かして慰めるのが年長者の役割だろう。それを感情に任せて罵倒《ばとう》するなんて。

「おまえたちが頑張ったら、お祝いしようと思ってたんだ。それをなんだい。正月から、こんなところで呑むことになっちまったじゃないか」

もう我慢できない。おれは立ち上がった。

「心配しないんですか」

「なに？」

「三十万先輩のことを、心配しないんですか」

「ばかもの。そんなこと、あぶに電話して聞いてる。おまえ、なんだ。なんだその顔は。

ずいぶんと、生意気な口を利きやがるな」

すみません、と林さんが謝った。林さんの言葉がしっとりと濡《ぬ》れていて、おれはそれ以上言葉が出せず、すとんと腰を下ろした。

「おまえらが一所懸命だったことはわかる。おりゃ、毎日ここに来てるからな。だが、一所懸命やって、ダメでしたってんじゃ、世の中は通用しねえんだよ。全然落ち込んでねえじゃねえか。落ち込まないってことは、反省してねえってことだ。遊び感覚っていうのか。今の連中は、そういうのばかりだろう」

いくらなんでもひどすぎる。そんなのジイさんの一方的な印象じゃないか。

でもおれたちには言葉がない。誰もなにも言わない。まともに聞く話じゃないんだ。ジイさんは必ずコップ一杯の酒で腰をあげる。林さんも末永さんも浜崎さんも、嵐が過ぎるのを待っている。

たん、とコップをカウンターに叩きつける音がした。

「まあ、ちょっと言い過ぎた。……そのくらい、楽しみにしてたんだ。明日も、見させてもらうさ」

目玉ジイさんが背筋を伸ばして出ていった。

四人で一斉に腰を下ろした。

四年生の三人は何も言わない。あれだけ罵詈雑言《ばりぞうごん》を吐かれて何も言わないのは不自然だから、口を開いてやった。

「たぶん家で酒を呑めたんですよ。元旦だけ特別に。家の人と賭けでもしたんでしょう。修学院大が十位以内でゴールしたら、昼から特別に呑んでいい、って。それがぶちこわされて怒ってるんですよ」

誰も反応しなかった。

他の部員も集まり、往路メンバーも風呂から上がってきて、仲根キャプテンの号令で夕食になった。

静かに箸を動かしている途中で、あぶさんが戻ってきた。明日の早朝に監督会議があるから芦ノ湖に泊まるはずなのに。

小田原の病院に寄り、いったん帰ってきたと言った。

話し声などなく、食器の音さえしなかった夕食のあと。もちろんミーティングだ。

あぶさんは胸を張って言った。

「誰の言葉かは忘れたが、試合中に反省する暇はない。今、おれたちはレースの真《ま》っ只中《ただなか》にいる。復路の勝負はこれからだ。

故郷に錦《にしき》を飾る。よく使われる言葉だ。日本中の高校から箱根を目指して関東の大学に入り、箱根路を走ってテレビ中継されれば、故郷のご家族や友人は喜ぶ。

一方で、故郷に錦を飾るという発想には〝焦り〟が見え隠れする。どうしても、オレが、オレが、という気持ちが強くなってしまう。その意気込みはもちろん尊いが、一代だけで答えを出そうとする日本人的な発想にも思えるんだ。プロスポーツもそうだ。一年というスパンでの成績を評価される。

だが学生スポーツはちょっと違う。伝統が年々積み重なる。いわば中国人の思想に似ているかもしれない。中国人は一代だけで答えを出そうとしない。子孫が何十年何百年後に栄華を極めるために自分が居る、という考えだ。そのために今を頑張る。次につなぐ、という意味で、まさに駅伝はそれに当たる。今年の襷は途切れてしまったが、未来への修学院大の襷は決して途切れていないんだ。明日の復路、各人が肝に銘じてほしい」

あぶさんらしい、練られた話だ。

でもどこかペースがおかしい。中国人の思想を持ち出すところも唐突《とうとつ》だ。

「いいかみんな。絶対に落ち込まないでくれ。負《め》げないでくれ。箱根駅伝は続いているんだ。復路はオープン参加となってしまったが、だからどうした。それでやる気をなくしてしまうような練習をしてきたのか。こういうときに、男の真価が問われるんだ。いいかみんな。おれも心が千切れそうなくらいにツラい。だけど、おれたちはこういうときに頑張れるよう、練習を重ねてきたんだ」

話の調子が変わった。最初の話は、どこか台本じみたところがあった。

あぶさんがハナを啜った。

「芦ノ湖のゴールで、橙大の水野に声をかけられた。気を落とすなってな。のたうちまわりたくなるくらい悔しかった。あのばか、真剣な顔で言いやがった。あれに同情されるくらいなら、死んだほうがマシだ」

ティッシュで派手に洟《はな》をかむ。

「……話が逸《そ》れた。三十万は無事なんだが、明日の復路は見たくないと言った。心が折れてしまったんだ。でもおれは説得した。絶対に見てほしい。みんなの走りを見るのはツライかもしれない。自分がリタイアしたときの映像が無神経にも挿入されるかもしれない。画面に現われる順位表には修学院大だけタイムがついていない。それは全部、自分のせいだと胸がふさいでしまうだろう。でも必ず見てくれと、監督として命令した」

あぶさんがまたティッシュを手にする。今度は目を拭いた。

「明日の復路こそ勝負だ。気合い満点の走りを見せてくれ。三十万に気合いを届けるんだ」

返事が揃った。あぶさんは力強くうなずくと、復路の四人を呼んで前に立たせた。そして一人ひとりと握手をかわした。おれの右手を握ったとき、「三十万のために走ってくれ」と言った。おれは飯をかまずに呑み込むように大きくうなずいた。

あぶさんは芦ノ湖に向かった。今と同じことを、6区の荒熊さんに話すんだ。

食堂には復路の四人が残った。

「明日、頑張ろうな」

林さんが言う。末永さん、浜崎さんがうなずく。おれもうなずいた。あぶさんがあんなにナニワブシ監督だとは思わなかった。おれももらい泣きしそうになったけど、ぎりぎりで涙をこらえた。

「あぶさん、ナニワブシだったな」

林さんが言う。同じことを考えている。

「こうなったからにはさ。べたべたにナニワブシで行こうよ。タケルは二年だけど、おれたちは卒業しちゃうわけだしさ」

それぞれ、どういう思いを込めて練習してきて、明日の箱根を走るのか。それを一人ひとり話そう、という。

べたべたのナニワブシだ。

林さんもナニワブシ体質だ。前回、箱根のメンバーから漏れたとき、早朝の土手で泣き崩れたのが林さんだった。熱い男なんだ。

林さんが話し始めた。

「実はさ、おれ、小学校ではちょっとした問題児でね。多動症。授業中に動き回っちゃうヤツ。それだったんだ。怒られてばかりいた。じっとしてるとストレスになるのか、暴力をふるうようになってな。友達を殴ったり……。それで中学のときに事件を起こして、少年院に入ったんだ。そこまで行って、ようやく多動症ってわかった。その矯正《きょうせい》の一環としてスポーツを推奨していた。陸上の長距離って気持ちを落ち着かせるって、いつかあぶさんが言っていただろう。あれだよ。ずいぶんと走らされた。そのうち、走らされるという気持ちじゃなくなって、走るのが楽しみになってきた。タイムを計る。努力してタイムが縮まると本当に嬉しい。数字に誉《ほ》められているような気がしてね。練習は決しておれを裏切らない。ランニングがおれを救ってくれた。

そのうち、勉強にも集中できるようになった。高校は夜学に通ってうちに入った。あぶさんはおれのような一般生を大切にしてくれた。いろいろな人に、恩返しがしたいんだ。箱根駅伝はテレビに映るから、小学校や中学のときに迷惑をかけた先生や友達に、林も頑張ってるんだぞってさ」

全身が燃えるように熱くなってきた。目頭も熱い。林さん、いいよ。

と思っていたら、おれの番だと言われた。走る順番に発表する。

おれも長距離走に救われたんだ。

言おうかどうしようか迷ったが、優一のことを話した。優一と出会ったから今ここにいる。そういうことを淡々と話した。

「タケルには、なにかあると思っていたよ」

話し終えると、林さんがそう言った。

末永さんの話にも驚いた。父親のせいで転校したという。

「おれ、長野の高校には途中編入してるんだ。最初は千葉の私学に通ってた。陸上部だったけど、強くもなんともない進学校でね。そこの校長が亡くなって、新しい校長がやってきた。それがおれのおやじなんだよ。県立高校の校長だったんだけど、早期退職して身が空いてたんだ。でもおやじは評判が悪くてね。いろいろと改革をやろうとしたんだけど、やることなすこと全部失敗した。やる気のない教員にムチを当ててたら、猛反発を喰らった。バカ校長なんて言われちゃってさ。それでおれは居づらくなって、長野に転校したんだ。長距離走の強い高校だったから、結果的には良かったんだけどさ」

「おやじがバカ校長だと、息子はツラいっすね。校長ってのは普通は立派で偉いもんでしょうから」

おれがそう言うと、「失礼だぞ」と林さんにとがめられた。「いいんだよ」と言う末永さ

ん の顔が優しい。

「友達がおれに気を遣うようになっちゃってな。タケルみたいに面と向かって言ってくれれば、どれだけ助かったか」

もし、おれのおやじが自分の高校の校長や教員だったら、間違いなく不登校だ。おやじ
のあらゆる不備を、友達に見られてしまうことがツラい。

「そういうこともあって、おやじをばかにした連中を見返してやりたいってことかな。踏ん張ってるおやじへのエールでもある」

いいなあ、と思っていると、アンカーの浜崎さんが「困った困った」とつぶやいている。

「みんな、見事にナニワブシじゃないか。おれ、なんにもないんだよ」

「なんでもいいんだよ。まさか無心で走るってわけでもないだろ」

「いや。あるにはあるけど、この流れだと、ちょっと言いにくくて」

「早く言えよ。アンカーだろ」

林さんがわけのわからない催促《さいそく》をする。じゃあ、と浜崎さんが話し始めた。

「おれは女だ」

思わず吹き出した。「おれの場合、ナニワブシ的な動機は女だ」を大胆に省略するとこうなる。「おれは男だ！」っていうのは聞いたことがあるけど。

「就職先の研修で会った。この春、一緒に入社する。一目惚《ひとめぼ》れだ。ものすごいいい女。優

しいし、品があるし。もう、この女しかいないと思った。必ず結婚する。結婚式にはみんな呼ぶよ」

「箱根を走るから、応援してくれって言ったのか」

林さんの問いに、浜崎さんはゆっくりと首を横に振った。

「たぶん、あっちはおれの名前も知らない」

四年の二人が椅子をきしませて笑った。

「じゃあなんで、優しいってわかるんだよ」

「そんなの、見てりゃわかる」

「おまえが箱根に出ることも知らないのか」

「走ってから、アプローチしようと思ってるんだ」

「先に言っとけよ。観てなかったら、どうするんだ」

「走って、気合い入れてと思って。それからだよ」

それもいいな、と思う。

「よし。復路はナニワブシで襷をつなぐぞ」

林さんはそう言うとスマホを取り出した。すぐに話しだす。芦ノ湖の荒熊さんだ。荒熊さんの個別事情を取材している。それが終わり、スマホがおれに回ってきた。

「タケルか。明日、目一杯走ろうな」

「はい！　荒熊さんも区間新で降りてきてください。幻の区間新でいきましょう」

スマホを末永さんに回した。それがアンカーの浜崎さんに渡る。

電話が切れて、林さんが口を開いた。

「荒熊が一番べただった。あいつ、オカンのために走るってさ。苦労ばっかりかけてきたからって。こういうシンプルなのが、一番泣けるね」

よし、気合いが入った。部屋に戻ろう。

二段ベッドの下に三十万先輩はいないけど。

30

平塚《ひらつか》中継所は無風だった。潮風で肌がべたべたすることもない。

昨日の箱根の寒風が別の国のことのように思える。箱根の山を遠くに望めば、左後方から穏やかな日が差してくる。

おれはユニフォームをまとって襷を待っている。

あと二時間もすれば、7区の林さんから襷を受け取ることになる。

修学院大、往路5区途中棄権。

三十万先輩は病院で点滴治療を受けてことなきを得た。脱水症状と低体温症の両方を引き起こしていた。一日入院し、今日の夜には合宿所に戻ってくる。

勘違いをしていた。途中棄権すると、以降の走者は自分たちの襷ではなく陸連の用意したものをつけて走るのだと。

でもそれは次の走者が繰り上げスタートする場合のことで、5区で襷が切れた修学院大の場合は復路でも自前の襷をつける。8区の待機所のモニターで芦ノ湖のスタートを見てそれを知った。荒熊さんは鮮やかなブルーの襷をしっかりと身体に巻いている。

おれのサポートには曲木。いろいろとしゃべりかけてくる。普段は鬱陶《うっとう》しいと思うことも多いけど、今はありがたい。言葉を吐き出さないと緊張のガスが身体に充満して破裂しそうだから。

「おいタケル。自分、追う側と追われる側、どっちが好きや？」

声に振り返ると、曲木が笑っている。

「また〝うさぎとかめ〟の話か」

「ちゃうちゃう。とりあえず答えろや。どっちや」

「追いかけるばかりだったからな。たまには追われる側になりたいな」

「そうか。でもこれまでのタケルは間違えてへん」

なんでや、とおれは曲木の口調を真似た。

「昨日、往路を見てて、箱根駅伝の異常な人気の理由がわかったんや」

「もったいぶらずに言え」

曲木が柔らかい笑顔で二度三度とうなずく。

「追う側のストーリーが好きなんや。追いかけることが好きな国民なんや。みてみい。人気ドラマはみんな刑事モノやろ。逃亡者の話よりも圧倒的に刑事モノや。犯人を追いかけるストーリーや」

「それが箱根の人気か」

「そのとおりや。駅伝では、追いかけられるのは一チームだけ。あとは全チームが追いかける側やろ。みんな、追いかける姿にシビれるんや」

おれは頰をゆるめた。冷たい風を顔に当て続けていたせいで表情が強《こわ》ばっている。でも曲木の言葉は温かい。

「追いかける側への声援が圧倒的なんや。日本中の期待に応えてくれ」

いかつい顔がたのもしい。おれは無言でうなずいた。

「タケルは8区を走る主役やが……オレもこの日にかけてきたんや。サポートの仕事では、オレが主役や。だからこの話、この瞬間にタケルに聞かせたろって思うてな」

おう、とおれは頭を下げた。背骨がじんじんと熱い。「オレが主役や」という言葉にこそシビれたぜ。

モニターを見ていても気が立ってくるだけだから、周囲を軽くジョギングした。海岸まで出て水平線を眺めた。潮の香りを鼻から吸い込むと胸が震えた。おれは派手に柏手《かしわで》を鳴らした。それから音を立てて顔を挟みつける。

緊張して当たり前だ。自分に言い聞かせた。この日のために何万キロと走り込んできたんだ。全身の細胞が緊張しているんだ。――だからこそ、三十万先輩のようなことも起きる。万全の準備をしていることが、かえって極度の緊張を生むんだ。

　この駅伝が毎月行なわれれば、こんな気持ちになることもないのだろう。そう考えると、四年に一度のオリンピックに出る選手の緊張って……。苦しいのは自分だけじゃないんだ——そんな分別臭い理屈が頭に浮かぶ。

　すべてを出し切ってやる。

　襷がつながらなくたって、おれの走りは変わらない。8区を任されたんだ。幻の区間新を狙う。

　長距離走ではなにを思いながら走るか。それが大切だと高校時代に教えられた。世話になった人の顔を思い浮かべ、自分をここまで育ててくれた恩に報いるために走れ。そうすることで気持ちが揺れなくなる。おれはその教えを遵守してきた。家族を思い浮かべることが多く、箱根でもおやじと母さんに登場してもらうつもりだった。

　前半の海沿いの直線では母さんを、浜須賀《はますか》歩道橋を左折してからはおやじを。それがおれにとっての〝故郷に錦を飾る〟だ。おれの走り姿を見てもらうんじゃなくて、おれが現地で誰を思うか。おやじや母さんと一緒に8区を走る。

　それが三十万先輩になっちまった！

　でも、それでいい。三十万先輩のためにおれのすべてを出し切る。おれの気合いを病室の三十万先輩に届けるんだ。

　襷が途切れたことなんて忘れた。このへんの割り切りが、数少ないおれの長所なのかもしれない。おやじも言っていた。「対局前は、勝てばどうなるとか負けるとこうなるとか、あれこれと思うこともある。だが将棋が始まってしまえば、盤面に集中するだけだ」と。駅伝も一緒だ。走り始めてしまえば、自分を取り巻く情況なんて関係ない。

「おい、タケル」

曲木に声をかけられた。

「荒熊さん、遅れとる。山を下ったダメージが出とる。一緒に応援しよ」

「モニターなんて見ない。信じて待つ。昨日、みんなで誓ったんだ。荒熊さん、必ず激走するよ」

曲木がうなずき、背を向けた。

おれは祈った。

荒熊さん、オカンのために頑張ってくれ！

水平線を見つめて、待った。

曲木が走ってきて、「襷が林さんに渡ったぞ」と叫んだ。それでもおれは水平線から目を離さなかった。

林さんが激走しているころだ。国府津《こうづ》あたりかと思いながらゆっくり走り戻ると、曲木が険しい顔をしている。

「美竹の吉永さん、えらい飛ばしてるで。ヤバいんちゃうの……」

中継所を一位通過した美竹大7区の吉永が素っ飛ばしている。曲木の言う「ヤバい」の意味がすぐにはわからなかった。

「林さん、調子おかしいで。スタートは良かったんや。気負ったんかな。ずいぶん遅れとる。このぶんやと、繰り上げになるで」

なに！　と思わず声が出た。

繰り上げスタートだと？

一位通過の走者から二十分遅れると、次の区間の走者は繰り上げスタートになる。

「うそだろ」

「うそやない。そもそも復路スタートの時点で十分の差がついとる。あれだけトップが飛ばしてるんや。さらに十分の差が開くこともあるやろ」

曲木はわざと淡々と言っている。

冗談じゃない。

往路で途中棄権して襷が途切れた。そのうえ今度は復路で繰り上げの襷なんて。

午前十時前、先頭の走者がくるころだ。待機所から出てコースを見ると青い空が揺れるように歓声が湧《わ》いた。

走者がやってきた。往路優勝の美竹大がトップを堅持し、今、紫紺の襷をつないだ。7区走者は顔を歪《ゆが》めながらベンチコートに身体を包まれている。サポートの紺のジャージたちが笑顔で好走を讃《たた》えている。

「美竹、一人旅や。文英の島崎さん、全然詰められへんかったな」

7区を二位で襷を受けた文英大のユニフォームは、まだ見えてこない。

「ええかタケル。かなり暑くなるで。遊行寺まで、焦ったらあかんで」

黙ってうなずいた。

8区の遊行寺の上り坂が復路最大の難所――そんなことは百も承知だ。だから序盤の平坦なコースを堅実に走り、上り坂までスタミナを温存しておくのが鉄則だ。

注意しろとあぶさんは言った。「そもそも上り坂に強いからこそ8区を走る。早く坂を上り切りたい思いが強すぎて、どうしても前半に飛ばしすぎるんだ。それでスタミナ切れを起こす。穏やかな天候で、しかも単独走ならなおさらだ」と。

だけどそうも言っていられない。距離は全然違うけど、出雲のように一気に走り抜けてやる。浜見山《はまみやま》交差点まで十キロ。二十七分の目標だ。

次々と走者が走り込んでくる。襷を手にした次走者の背中がぐんぐん遠ざかる。

中継所にターコイズブルーがとり残される。

早くきてくれ、林さん！

「田浦、橙、修学院」

不意に大学名を呼ばれてどきりとした。

白いフィールドコートを着た大柄の関係者が手招きしている。田浦大のミントグリーン、橙大のオレンジ色が寄ってくる。修学院大はターコイズブルー。能天気な色合いばかりが売れ残ったもんだ。

「あと五分で繰り上げスタートになる。用意して待機しなさい」

マジなのか？

マジで、最悪の事態になっちまったのか。

渡されたのは繰り上げスタート用の襷。

白と黄色のストライプの襷だ。

手にした襷を間近で見たとき、気が遠くなりかけた。

こんなもの、襷じゃない。

「おい」

曲木に話しかけた。

「林さん、どうなんだ」

曲木は目を閉じて首を横に振った。うつむく顔が切ない。

「これって、ぎりぎりのときってどうすんだ。ぎりぎり襷が間に合うかどうかってとき、これを巻きつけて待ってるのか」

「手に持って待つんやろ。襷がつながれば、それを捨てればエエ。……つながらなかったら、そのままスタートや」

「繰り上げになっても、スタートしないで襷を待ってたらどうなるんだ」

「一斉スタートの合図、無視してか？」

おれはうなずいた。

「あかんやろ。怒られるで」

「そんなの勝手じゃないか。車道の青信号の定義って知ってるかよ。行かなきゃいけないんじゃなくて、行ってもいい、だぞ。赤信号は止まらなきゃいけないけど、青信号は別に行かなくたっていいんだ」

「アホ！　こんなときにヘリクツ言うな！　アホな話なら、あとでいくらでも聞いたるから」

「林さんを待ちたいんだ。こんなもの、つけて走りたくないんだ」

昨日のナニワブシミーティングで誓い合ったのに。それなのに、襷の受け渡しなしで走りだすなんて。

「あかん。ルールや。ルールを破ったら、駅伝にならへん」

「ヘリクツじゃない。マジなんだ。大会の人に聞いてきてくれ。五分やそこらの遅れなんてすぐに取り戻すから」

「あかんて。連盟から睨《にら》まれるで。あぶさんの首が飛ぶかもしれへん」

「頼む。聞くだけ聞いてみてくれ」

「あかんて、タケル。悪名《あくめい》が駅伝史上に残ってまうで」

曲木の弱々しい声を聞き、おれは軽く後悔した。なにも人に頼むこともない。自分は走者だからと、すべてをサポートに任せる雰囲気に甘えてしまった。

白と黄色の襷をおれに渡した大柄の大会関係者に歩み寄り一礼した。

「繰り上げになっても、7区走者を待ちたいんです。いいでしょうか」

赤いキャップから白髪がはみ出ている。眉毛《まゆげ》も真っ白だ。その眉毛が上がった。おれの言葉を聞いて目を丸くしている。

「一斉スタートしないでってことかい」

おれは白髪おじさんの目を見て返事をした。白髪おじさんは強い目線を返してくる。そしてひとつうなずき、次にゆっくりと首を横に振った。

「気持ちはわかる。……修学院大はオープン参加になっちゃったしね。でも繰り上げの一斉スタートはルールだ。みなとスタートしなければいけない」

「待つことは禁止ですか」

「禁止だ。わずか数秒差で繰り上げスタートになったこともあったんだよ。そのときだって、走者は涙を呑んで一斉スタートしたんだ」

おれは頭を下げて踵を返した。

そりゃそうだ。理屈ではわかる。

でも、切なすぎるじゃないか。7区走者は繰り上げスタートを知らない。林さんが中継所に駆け込んできたとき、誰もいないなんて。

昨日のナニワブシミーティングで、林さんの話を聞きながら、涙をこらえたのに。

林さん、なんとか間に合ってくれ！

お願いだから。

「残り三校、準備してください」

声がかかった。

道の西を見ても、ターコイズブルーのユニフォームは見えてこない。ただ無人の道路が続くばかりだ。

出雲で感じた中継所の空気。襷が届く間際の、風景が震えて迫ってくるような感動が……今なぜないんだ。

スタートした。

足を五、六歩出したとき、脳天を雷に直撃されたようなシビレがきた。

冷たい空気が鼻の穴から空《す》きっ腹にしみわたる。

不愉快な感情が胸に渦巻いている。

襷の色が変わってしまうことなんて話題にもならなかった。繰り上げスタート用の襷のことは知っている。雑誌でもネットでも目にしたことはある。でもそんなことは誰も口にしない。これほど不吉なものはないから。

強引に前に出て、そのまま飛ばした。オレンジとミントグリーンを目にしたくなかった。

頭に上っていた血が、すっと脚のほうにおりていく。

風はほとんどなく、日差しも柔らかい。右後ろに日があって、眩《まぶ》しくもない。ひたすら長い直線が目の前にある。走者の姿は見えない。

左手には優一の形見のランニングウォッチ。いつもおれに「きちんとペースを刻め」と言ってくる。でも、気持ちは前へ前へ走る。

早く前のランナーの後ろ姿を見たい。ひとつ前に通過したのはカナブン、金谷文科大の黒いユニフォームだ。カナブンをとらえれば、その先の豊島岡大も射程に入る。

上り坂には絶対の自信がある。「散歩をしていて富士山の山頂に登った人間はいない」とあぶさんは言ったけど、おれは地元の南上州《じょうしゅう》でジョギングをしていて山を越え、軽井沢まで行ったことが何度もあるんだ。

8区の風景は明るく単調だ。

防砂林が続く。左の沿道には小旗を振る人が連なっている。

「平塚駅南口交差点」を過ぎた。約二キロ。調子は悪くない。

しかし白と黄色ってのは。ふざけた色彩だ。ゆで卵を切ったときのような色合いだ。玉子サンドだ。走っているとどうしてもこれが目に入って猛烈に不愉快になる。おれはゆで卵と玉子サンドを喰わないことに決めた。

この不愉快さは……途中棄権へのしつこいペナルティなのだろうか。

最終の10区だけは大学の襷をつけて走れる。でもそんなこと、自分たちのチームにあるわけがない。関係ないと考えるのが人情だ。関係ない情報は瞬時に切り捨てる。

この襷は9区の末永さんに渡ったらそれでおしまいなんだ。実を結ばない、チームをつなぐことのない襷だ。

白と黄色は徒花《あだばな》の色か。

その不愉快な襷を今、おれは身体につけて走っている。

走るリズムでどうでもいいことが浮かぶ。

この色はゆで卵じゃない。お節《せち》の重箱にある甘い玉子の蒲鉾《かまぼこ》だ。黄色地に白い渦巻きがあるやつ。あんなものが食卓に出るのは正月くらいだ。おやじはあれに山葵《わさび》をちょこんとのせてつまんでいた。甘い蒲鉾には案外山葵が合う、特に燗酒《かんざけ》に合うと。

くそ、冗談じゃない。

おやじ、テレビを観てるのか。おれの身体に巻きついている襷を見て、甘い蒲鉾を喰って、酒をあおっているのか。

いや、テレビはおれの走る姿なんか映しやしない。

そうだ。奈津が言いそうなことじゃないか。タケルのつけてた襷って玉子蒲鉾に似てるねって。

湘南大橋にさしかかると、青空がぐっと大きくなる。

本当は……目の前に広がる青空のような襷を運んでいるはずなのに。

この橋を境にして左が川、右が海だ。どちらの水がどちらに流れ込んでいるのかと思う。

風が右からぶわりと吹いてくる。ふっと身体が軽くなる。左に目をやれば、JRの陸橋が遠くにある。上り電車が川を渡る。おれと同じくらいのスピードに思える。橋の後半はやや下りになり、脚がぐいぐい進む。

気持ちは十月の出雲駅伝だ。あのときのように、怒りを燃料にして脚を出す。

橋を下ると、なだらかな右カーブ。すぐに湘南の直線に入る。視界はずっと防砂林だから、早くここを過ぎたい。

身体が熱い。いつの間にか太陽が上がってきた。

復路は太陽との追いかけっこなのかもしれない。

そういや、ゴールの大手町ってのはいつだって日があたらず暗い。あのゴール、往路の芦ノ湖のゴールに比べて全然華やかさがない。日の当たる場所に変えたほうがいいんじゃないか。アンカーを待つ部員も寒いだろうし。

給水ポイントでは岩井がサポートしてくれる。岩井が左手にボトル、右手に拳を作って走り寄ってきた。

「いいペースだ。速いくらいだ。先とは三分十秒差だ。坂で必ず抜けるぞ」と早口でまくしたてる。

水が身体にしみる。二口飲み、残りを右から首筋にかけ、ボトルを岩井に返した。

「後ろの橙大との差は四十秒くらい。中継所から差を広げてるけど、油断しないでな」

おれは内心で舌打ちをした。引き離しているつもりだったのに……。

ここまで、襷の色ばかりに気持ちを奪われてしまった。復路は三十万先輩のために走る。そう思い直したとき、浜見山交差点を過ぎた。

海岸沿いから左に入ると視界が暗くなった。ちょうど半分だ。体温が上がっているのか、顔がやけに熱い。喉《のど》も渇く。

三十万先輩とはよく話した。あっちからはほとんど話さない。でもおれがなにかを聞けば表情をゆるめて教えてくれる。会話の調子が合う。

おれの質問は箱根駅伝のことばかりで、突っかかるように言葉を放っても、丁寧に答えてくれる。さっきの給水——そうだ。「なぜ給水はスポーツドリンクじゃなくて水なんですか」と聞いたんだ。スポンサーの問題とか、各校が独自のスポーツドリンク開発に躍起になる事態を避けるためだとか、ある程度の答えがわかっていて聞いた。どういう答えが返ってくるのかが知りたかった。

「美味《うま》いから」と三十万先輩は言った。

「暑い中で十キロ走って、飲みたくなるのは水だよ。ビタミンとか身体への吸収率とか、そんな理屈はいらない。一番美味い物が身体にいいんだ」。悪くない答えだ。「5区の山上りでは、脱水症状とか低体温症とか、問題になりますけど、だったら水を温めて渡せばいいんじゃないですか」と、さらに喰らいついた。「走りながら飲むとき、お湯って咽《む》せないか？　温《ぬる》い水でも喉に引っかかるときがあるよ。やっぱり冷たい水が一番だ」と動じない。お湯で咽せる、という感覚を初めて聞いた。水は一気に飲むものだがお湯はゆっくり啜る。

そんな三十万先輩が途中棄権したことが悔しくて仕方がない。

今日の夜には合宿所に戻る。話を聞きたい。脱水症状だの低体温症だのといろいろ言われているけど、そんなものは世間が納得したいだけの理由だ。三十万先輩だけの事情があるはずだ。

走る、走る。

肘でリズムを取る。

遊行寺の坂が見えてきた。

三十万先輩と試走した。「坂の上に三十万先輩が待っている」と思い定めた。これ以上、気持ちが強くなることがあるか。

でも——。
脚が重い。
両足に重りをぶらさげているように、均等に重い。膝が上がらない。
目の前にはかぶさってくるような急坂。
おれは腕を強く振った。でも膝が上がらない。
減速している。いつかのジョギングで上ったときのようなペースじゃないか。
でもこれで二十秒ほど様子を見て、脚を蓄《た》めようと思った。
だけど、変化がない。
坂はまだ続く。
試走して距離感を知っているはずなのに。本番は全然違う。
右を、不意に風が通り過ぎた。オレンジ色の風。橙大だ。
オレンジのユニフォームが遠ざかっていく。
一度離したのに、抜かれてしまった。
坂を上り切る手前、ミントグリーンのユニフォームにも抜かれた。
全然だめだ。
こんな襷をつけているからだ。
脚が上がらなくなっちまったんだ。

苦しい。心臓をすり鉢で潰されるような苦しさだ。
飛びたい。
外房《そとぼう》の夏合宿のときのように、おれを押し出す南風が吹き荒れないか。
そう思った瞬間、ビュンと向かい風がおれの顔にぶちあたった。殴られたように。
竜巻でも起こって、前を行くランナー全員を吹き飛ばしてくれないか。
おれにだけ、追い風が吹いてくれないか。
もう、足を地面に叩きつけたくない。
情けなさの中で走った。
戸塚中継所が見えてきて襷を外したとき、さらに脚が鈍ってきた。
「タケル、ラスト!」
声が聞こえる。
だけど、この襷を末永さんに渡すことが、悔しくて情けなくて。
目玉ジイさんが言ったとおりだ。
正月の二日と三日がこれじゃあ。
末永さんに襷を渡し、おれは地べたに滑り込んだ。
もう一歩も脚を出したくない。

31

戸塚から大手町まで電車に乗る。

普通はサポートの一年生と一緒に戻るところだけど、用意してもらった上下ジャージに着替えて、一人でJRに乗った。湘南新宿ライン高崎《たかさき》行きが来たから、そのまま実家まで帰ってしまおうかとも思った。

東京駅に降り立ったとき、連絡が入った。学部同級生の麓和弘からだ。

テレビで応援してくれていたという。おれは腑甲斐《ふがい》ない走りだったことを詫《わ》びた。

「山上り、残念だったな。本当は昨日電話しようと思ったんだけどさ。タケルの出番前だったし」

「そうか」

「気になってさ。どうしても話したくて。5区の三十万さん。回復したってテレビで言ってたけど。三十万さんを絶対に責めないでくれ」

わかってるって。誰も責めやしないよ。

「あれは山岳事故だ」

山岳事故？

「そうだ。遭難だよ。脱水症状とか低体温症とか、テレビではいろいろと分析してたけどさ。あれ、おれたちから見れば間違いなく遭難だぞ」

「遭難か」

「5区の最高地点は標高874メートルだろ。小田原中継所の標高が10メートルだから、マジで山登りなんだ。高い山を踏破するようなベテラン登山家が、低い山で遭難したケースだってある。どんな山だろうと、山である限りは、常に遭難する危険性があるんだよ」

「三十万先輩は、遭難したのか」

「そのとおりだ。いいか。登山家がきちんとした装備で山に入っても遭難するときは遭難するんだ。それをおまえ、あんな軽装でさ。ムチャクチャだよ。だから絶対に責めるな。根性論を少しでも持ち出さないでくれ。もし、誰かが三十万さんを責めたら、今の理屈でタケルが迎撃してくれ。それだけを言いたかった」

礼を言って電話を切った。

麓、ありがとう。

すると、奈津からのメールに気づいた。

タケルおつかれ！　頑張ったね。しばらくは休めるんだろ？　マージャン、マージャン！　マージャンで脚と気持ちを休めよう！


いつもの文面にも、気持ちは少しも軽くならない。返信はしなかった。

大手町は賑わいを見せていた。最初のアンカーが戻ってくるのを待っている。日の当たらないビルの合間に、各校のジャージのカラーが散っている。美竹大か文英大か。どうでもいいことだ。優勝の胴上げなんて見たくない。他の連中も同じ思いなのか、水色のベンチコートはビルの陰の、目立たないところに固まっている。

近づいても、特に誰からも声をかけられない。真根センだけが「タケル、おつかれさま。脚はだいじょうぶかい」と言った。

最初に戻ってきたのは紺のユニフォームだ。濃紺の襷が斜めに張りついている。美竹大のアンカーが右手の拳を突き上げながらゴールインした。寒々としていたゴール付近の気温が確実に上がった。

二番手が入ってくる。文英大の赤いユニフォーム。後続はまだ見えない。

やがて二人が並走して戻ってきた。三番手争いだ。武州体育大と総恵大。姿が見えたときには両者ともスパートをかけている。必死の形相におれは見入った。白いユニフォーム、武体大が勝ち切った。

デッドヒートを目の前にし、戸塚から戻って初めて心が動いた。昨日の大手町からずっと襷をつないできて、最後の最後でデッドヒートになる。二日間走ってきて、差は一秒以内だ。それが奇跡に思える。

「だめだ。ちゃんと見てろ」と真根センが声を尖《とが》らせている。一年生がしゃがみ込んでいたようだ。修学院大が戻ってくるのはラストに近くなる。

「襷をつないできたチームのゴールをきちんと見よう。来年は必ず笑うぞ」

真根センが言う。小さい返事が二つ三つ。

何分経っただろうか。浜崎さんが戻ってきた。

おれたちの襷だ。途中棄権のオープン参加のうえに繰り上げスタートでも、アンカーだけは自前の襷をつけられる。

白と黄色の襷は、おれと末永さんの二人がつけて走った。おれが末永さんに渡しただけの襷だ。

真新しい青い襷には、浜崎さんの汗だけが染み込んでいる。

顎があがり、目をつぶって口を開けている。浜崎さんのあんな苦しそうな顔、初めて見た。

「さあ、みんな、アンカーを迎えに行くぞ」

真根センの言葉に、おれたちは脚を前に出した。

ゴールして倒れ込む浜崎さんを、みなで抱きかかえる。「ちきしょう、ちきしょう」と、短い言葉が地面に落ちる。タオルに包まれたアンカーを囲みながら、水色の固まりはすぐに端に寄った。

おれたちもスタッフもOBも後援者も、ターコイズブルーをまとう誰もが紙のような顔色をしている。

ひと月千キロ、今日のために一年間頑張ってきて、どうしてこんな空気を味わわなければいけないんだ。

32

出汁《だし》に使った野菜くずのようにくたくただ。

大手町から電車を乗り継いだ。

駅の階段の上り下りがイヤで、タクシーで帰りたかった。金を出すからと曲木を誘った「そういうこと、一年生がやったらアカンよ」と優しい口調でとがめられた。

電車のシートに腰かけたとき、全身に疲れが巡ってきた。

走り切った直後よりも脚が重い。工事の足場に使う鉄パイプが両脚に埋め込まれているようだった。ちょっとでも膝を曲げると脚全体に痛みが走る。自分の状態に腹が立つ。筋肉痛であるはずがない。たかが二十キロで、どうしてこうなってしまう。

合宿所はひっそりと薄暗かった。

熱い風呂に入ると、全身が蕩《とろ》けそうになった。ほんの一瞬、極楽《ごくらく》だと思う。もし修学院大が総合優勝していたとしたら。こうして風呂に浸かるときの気分はどんなものなんだろう。天下を取った心持ちにでもなるんだろうか。

三十万先輩も病院から戻り、全員で夕食を摂った。

誰もなにもしゃべらない。空気が重い。

よくこういう情況を〝通夜のような〟と言う。実際は通夜のほうがずっと賑やかだ。美味いはずの味噌《みそ》汁も——熱々のなめこ汁だ——今日はお代わりをしなかった。合宿所の味噌汁の具は、朝は野菜やきのこ類を入れない。試合や練習に繊維質は不要だから。その代わり夜には具だくさんになる。そうした細かい心遣いを、昨日今日で吹っ飛ばしてしまった。

片づけをして、監督の訓話になった。

あぶさんがすっと立つと、全員が背筋を伸ばした。

「順位なし。そういう結果だ。これから一年間、予選会突破、箱根でのリベンジを目指して頑張っていく。箱根路を走った各人は、それぞれ自分の長距離人生のすべてをかけて走ったと思う。おれはおまえたちの練習を見てきた。それは美竹や文英の監督にも負けない。そういうところの信頼感がある」

穏やかな言葉がはっきりと食堂に響く。

「だから、レースのレビューはしない。おれのほうにも反省はあるが、詳しくは言わない。ただひとつだけ。8区だ」

おれは顔をあげた。

いまさら、８区がどうしたっていうんだ。

「8区だけ、完全に見込み違いをした。走者を間違えた。おれの目は節穴だった。それが悔しくてならない」

あぶさんの目が、おれを射るように見た。

瞬《まばた》きさえできなかった。

「走水の走りにはまるで覇気がなかった。走水とはまだ話していないが、話さなくたってわかる。往路で襷は途切れた。そのいらだち、怒り、やりきれなさ。そういう感情を払拭《ふっしょく》できなかった。走水だけでなく、復路を走るみんなに、そういう気持ちがあったと思う。それを懸念して、おれは昨日、ここに戻ってきて話した。必死で練習してきた人間が部内の競争を超えて箱根を走る。そこには長距離選手としてのさまざまな思いが詰まっている。それが、幻の襷をつなげることなんだ。そう話したはずだ」

あぶさんがひとつうなずく。

「今日、さらにアクシデントがあったことも影響したかもしれない。繰り上げスタートで面食らったとも思う。しかしそれにしても、走水の走りは精彩を欠いていた。長距離選手としてのきらめきがまるでなかった」

言葉を切り、息を呑み込む。

「実はな。おれが一番期待したのが走水だった。気持ちの強さで走水をエントリーしたからだ。襷が切れた屈託《くったく》を、全部引っ繰り返して熱い走りを見せてくれると期待していた。ところが、走水は心を折ったままで走った」

おれは目をつぶった。

そのとおりだ。

どうしても、繰り上げ襷をつける悔しさに折り合いがつかなかった。

「ハートで選んだやつが、ハートを折ってどうするんだよ」

目を開けてあぶさんを見た。自分の目を疑った。

優一がいる。優一がターコイズブルーのジャージを着て、きびしい顔をしてしゃべっている。何度目をこすっても、そこにいるのはあぶさんではなく優一だ。

優一が、おれに説教をしている。

「毎年、一年生に話していることだ。ハートの熱さ。気持ちの強さ。あいまいな言葉だ。気持ちの強さというのは具体的にどういうことか、考えてみてほしいと言ったな。実は、おれもはっきりとはわからないんだよ。だからみんなに考えさせた。

でもこの二年でわかった。走水に答えを教えてもらったんだ。決して言い訳しないこと。理由をつけて断ることをしないこと。引き受けたら、なにがあってもやりとげること。これが気持ちの強さだ」

そう言って激しく咳き込んだ。

おい優一。おれのことを走水なんて呼ぶなよ……。

「朝食の配膳は一年生の仕事だな。走水が一年生のときだ。厨房のおばさんが理不尽《りふじん》なお使いを頼んだことがあってな。それを走水は一人でやった。不平を言わず、理由をつけて断ることをせず。なぜ自分だけが使いっパシリにとやっかむこともせず。引き受けたらやり遂げた。おれは走水に感謝した。それが気持ちの強さだと確信した。特に箱根を走る選手に必要な気持ちの強さは、そこにある」

パシリのタケル――。

あぶさんの部屋で見た手作り駒のあだ名の意味がわかった。

優一の……咳き込む音だけが聞こえる。泥を投げつけられているのが、自分ではないように思える。

もう、テーブルを見つめるしかない。

「経験があると思う。走り始めるとどうも調子が悪い。風も強くなってきた。暑くてかなわない。今日はタイムが出そうにない。そういうことは誰にだってある。そういうときに、気持ちが乗らないことの理由をひねり出してしまう。それが気持ちの弱さなんだ。調子がどうあれ、情況がどうあれ、力を出し切る。なんとしても前の走者を抜き去る。それが気持ちの強さだ。だから……おれは走水に8区を任せた。だから……悔しかった。走水が渡した襷はうちの襷ではなかったが、以降に、気持ちの強さが伝わらなかった。こういうところが、チームとしてまだ弱いところだ。気持ちの強さということを、もう一度各人で考えてくれ」

背を向けたのはあぶさんだ。優一が消えてしまった。

みなも声もなく席を立つ。

今の一言一言がリフレインして、何度も何度もおれの胸を刺した。

期待に応えられなかった。

あぶさんの、チームのみんなの、優一の期待に。

うつむくおれの前に人が立った。

「タケル」

真根センの声が頭に降ってきて、おれは顔をあげた。

「あぶさんのところにいこう」

おれは首を横に振った。真根センは笑顔で二度三度とうなずく。

「名指しで批判された文句でもいいさ。このままじゃ、眠れないだろ」

「文句はありません。あぶさんの言うとおりです」

「じゃあ、なおさらいこう。もっといろいろと、話してくれると思うよ」

おれは立ち上がり、最敬礼してテーブルを離れた。

今、あぶさんに面と向かうことなどできやしない。あぶさんの顔が優一の面差《おもざ》しに重なってしまうから。

五分でいいから、一人きりになりたかった。

玄関に向かい、シューズをルーズに履いて外に出た。冷え込んでいるはずだけど、顔が熱くてちっとも寒くない。足は自然と多摩川土手に向かう。真冬の風を顔に受けながら、ぎくしゃくと歩いた。

期待に応えられなかった。

期待に応えること——結果はともかく——その素晴らしさを、何度も何度もおやじから聞かされていたのに。

大切な言葉だったのに。

家の食卓で、おれはおやじの右側に座っていた。おやじの言葉は、左の耳から右の耳へ、おれの空《から》っぽの頭の中を素通りしただけだった。

いや——。

おれは胸の中で何度も首を振った。

おやじはおれの父親だ。おれがばか者だってことは百も承知している。だから、何度も何度も、繰り返し、同じことを話したんだ。それだけ大切なことだから。

横須賀の中学で桜の棒を振り回していた矢名も、おやじと同じだったんだ。全然勉強ができなかった相生がエース級の活躍をしてる。あいつは〝ケツ桜〟を二十二発も喰らって、みんなの期待に応えるほどに成長した。

土手に上がると、風がいっそう強くなった。

涙がこみあげてくる。止められない勢いだ。

声をあげて泣いた。

頬の涙がすぐに冷たくなる。

おやじが眼鏡面でおれを冷たく見下ろしている。

こういうときに出てくるのは、いつだっておやじだ。優一の優しい顔を思い浮かべように も、もう出てこない。おやじのせいで消えてしまった。

おやじは言った。「勝負の最中には決して反省してはいけない。前だけ見ていればいい」と。

箱根駅伝が終わった今、おれは反省の向かい風の中に身をさらした。

33

「303」は日本中で一番凹んでいる部屋だと思う。たぶん。

三十万先輩の体調は二日間で回復した。でも表情は世界一冴えない。目の焦点が合ってない。

やけっぱちで言葉をぶつけた。

「身体、ぼろぼろですけど、ここはひとつ、横須賀に穴子でも喰いにいきますか」

「ああ。穴子か。美味かったな、あの穴子」

「正月休みでやってないかもしれないけど、行くだけ行ってみますか。走らなくたっていいじゃないですか。散歩ですよ。電車で行って、〝まほ直〟から富士山でも見てさ。冬の晴天だから、よく見えますよ」

「穴子喰って、藤沢まで行ったんだよな。それから遊行寺の坂を走ったっけ」

なにを言ってもしんみりとしてしまう。

そんな顔見たくないから、合宿所を出ればいいんだろうけど、全身が痛くて軋《きし》んでしまって、今日ばかりはジョギングする気にもなれない。

本当はおれだって気持ちがズタズタなんだ。

あぶさんから直撃向かい風の説教を喰らって、その折り合いがついていない。こういうとき、なにをすればいいのかはわかっている。走ることだ。ひたすら走ればなんとか収まる。しかし今はそれが叶わない。

金なんていくらかかってもいいから、タクシーで群馬の実家に帰ってしまおうかとも思った。おやじにもズタズタに説教されたい。ショック療法だ。そのあとで、母さんの手料理を腹いっぱい食べて、将と回り将棋でもして寝ちまう。それで少しはすっきりしそうな気がする。

朝飯を食べ終え、階段を這《は》うようにして部屋にたどり着き、ベッドに横たわると、もう起き上がることさえできない。そのくらい、疲れが全身にこびりついて取れない。

気がつけば窓の外は暗くなっていた。

「タケル、メシの時間だよ」

三十万先輩に身体を揺すられて、ようやく意識が戻った。

ぼんやりとした視界に、三十万先輩の細い目が浮かんでくる。いつもと変わらない顔だ。すべてが夢で、箱根駅伝はこれから始まる——ということにならないか。

夕飯か。そうか、三十万先輩も夕飯を喰うのか。

たぶん、これが合宿所最後の夕飯になるんだ。

週末、故郷の会津《あいづ》に帰ると言っていた。二月の卒業試験まで、四年生は実家に帰ることが多い。そのタイミングで、合宿所の編成が入れ替わる。大学駅伝の世界は、箱根が終わると新年度に入るんだ。おれも三年生だ。二年生か有望な新入生と同部屋になるんだろう。

三十万先輩ともお別れだ。

メチャクチャに世話になった。

修学院大に入って良かったことはたくさんあるけど、三十万先輩と同部屋になったことが一番だった。年上だけど親友だと思ってる。三十万先輩のおかげで、8区を走ることができたんだ……。

脚が痛むとき、階段は下りのほうがツラい。手摺《てす》りにつかまりながら、おれは食堂へ降りた。まったく食欲がなく、ご飯は丼《どんぶり》に三分の一しか食べなかった。

今日はあぶさん不在で、食後の訓話はない。

「食休みしたら、みんなで日帰り温泉いかへん？　ミストサウナっちゅうのがエエらしいで。高濃度炭酸風呂ちゅうのも、疲労回復にエエらしいよ」

曲木が声をかけてくれたけど、おれは力なく首を横に振った。

部屋に戻ると、三十万先輩が部屋の片づけをしている。おれはベッドのへりに腰かけ、ため息をついた。階段を上がっただけなのに、ものすごく疲れた。

「ああ。これ、すっかり忘れてたな」

三十万先輩がつぶやく。押入から出した段ボール箱を開けると、日本酒の一升瓶が出てきた。四本もある。

「酒は禁止だって言ってるのにさ」

会津の酒だ。三十万先輩の親父《おやじ》さんが送ってくるという。おれは目をつぶった。練習で頑張って、レースで成果をあげて、故郷の酒で祝杯をあげろ。そんな親心なんだ。

「どうするんですか、その酒」

「あぶさんにでも進呈《しんてい》するさ。しっかりした純米酒だから一、二年は呑める。来年の祝杯に使ってもらうさ」

「なに言ってるんですか。そんな縁起の悪い酒で、祝杯なんてあげられるわけないでしょう」

なに、という顔をしておれを見る。でもすぐに顔の力を弱める。おれはすぐに非礼をわびた。

「箱根で健闘して、みんなで一杯ずつ呑むための酒だったんでしょう。六十人で四本なら……一人茶わん一杯くらいですか。酒禁止って言ったって、正月なんだから。未成年の一年生はダメだけど……。いや、あぶさんなら、一口くらいは許したんじゃないですか。お屠蘇《とそ》ですよ」

「そうだな」

三十万先輩はそう言ってうなだれた。一升瓶の上部を握る手は止まったままだ。

おれよりも深くねっとりと落ち込む三十万先輩の姿を見ていると、なんだか腹が立ってきた。

腹立ちの意味がよくわからない。三十万先輩が同期なら、「落ち込む暇があったら身体のメンテナンスでもして、軽くウォーキングしろよ」くらい言っているかもしれない。

三十万先輩は部を去る。卒業後は故郷の中学に勤める。もちろん、快く送りだしてあげたい。だから、今のおれの腹立ちの理由がわからない。

たぶん――自分自身への腹立ちだ。

おれこそが多摩川土手に立たなくちゃいけないんだ。曲木の誘いに乗るべきだった。落ち込んでベッドでぐずぐずしている自分に、腹が立ったんだ。

「酒、呑んじゃいましょう。呑んで、流しましょう。もうリベンジできないんだから、流すしかないじゃないですか」

「酒禁止だぞ。合宿所は特に」

「なに言ってるんですか。箱根は終わったんですよ。箱根のための合宿所なんですよ。呑むなら、今しかないでしょ。おれも付き合いますから」

「タケル、二十歳になったんだっけ」

「二十歳と六か月ですけど、そんな杓子定規《しゃくしじょうぎ》なことを言ってるからダメなんですよ。親父さんの気持ちを、今呑まなくてどうするんですか。箱根をつぶしたのは先輩なんですよ」

キツい言葉が出てしまい、語尾が震えた。

でも、これでいいんだ。

「きっちり流して、会津に帰ってください。そんな顔して帰っちゃダメですよ」

急に胸が熱くなり、おれは部屋を出て食堂に降りた。茶を飲むときに使うプラスチック製じゃ味気ないと思い、厨房の戸棚から来客用の陶器の湯呑みを二つ持ち出した。ぽってりとした饅頭《まんじゅう》型で、公民館にあるような紺地に白玉模様の湯呑みだ。

部屋に戻った。三十万先輩は変わらずうなだれている。

積んだ陸上雑誌をちゃぶ台代わりにして湯呑みを置く。一升瓶の封を切って、どぼどぼと酒を注いだ。酒は少し琥珀《こはく》色をしている。一口啜る。きっと上等の酒に違いないが、おれには酒の味などわからない。

三十万先輩も、観念したように酒に口をつけた。湯呑みの中に落とし物を捜しているように、じっと酒を見ている。

しゃべらないから、おれも酒の色を見つめた。

8区の光景はベッドの上でイヤというほど反芻《はんすう》した。あぶさんのきびしい言葉も、夢の中まで追いかけてきた。だから、おやじのことを思うよりほかにない。おやじが家で酒を呑むときの様子だ。気に入ったぐい呑みに自分で酒を注ぎ、左手の親指と中指でぐい呑みの縁をつまみ、腕を回し込むようにして酒を呑んだ。呑むというより酒を口に放り込む感じで、そうすると背筋が伸びて格好が良かった。おれはそれを真似た。

二杯目はおれが注いだけど、三杯目からは三十万先輩が一升瓶を傾けた。

おやじの次には優一のことを考えてしまう。

優一も、おれの腑甲斐なさを怒っただろうな。あいつがいて、こうして酒が呑めたら――。どんなにキツイことを言われてもいいから。殴られたっていいから。

ハナを啜る音がした。恐る恐る目をあげると、三十万先輩が泣いている。啜り泣きだ。

故郷の酒が胸に沁《し》みてしまったか。

泣きやむのをじっと待っていると、啜る音が大きくなり、しゃくり上げるようになってしまった。子どもがなにかを誤飲したときのように、苦しそうな顔をして上体を上下させている。

声なんてかけられない。おれも酒を啜った。

号泣だ。

わんわん泣く。涙が湯呑みに一滴二滴と落ちる。鼻と口からも液体が漏れる。

胸がかきむしられるようだ。

三十万先輩は飾らない人だけど、こんなに弱みを曝《さら》け出すなんて。おれも涙が出そうになった。

慰めの言葉をかけて、涙酒に付き合う。今はそれだけでいい。

でも、ちょっと違うんじゃないか――おれは酒を嚙《か》みしめた。

おれが三十万先輩の立場だったら。それだけじゃ物足りない。

こうやって酒を吞み、涙を流し切って、会津へ帰ってもらえばいいのか。三十万先輩は競技から身を引いてしまうけど、人生のレーンはこれからも続くんじゃないか。

おれは湯吞みをぐいと空けた。

「この酒、親父さんが送ってくれただけあって、相当にいい酒ですね。純米・吟醸・山《やま》廃《はい》・無濾《ろ》過《か》・生だって。麻雀でいけば五ハンもついてますよ。もうひとつでハネ満だ」

三十万先輩の涙は止まらない。ひたすら泣きわめく。夏のジョギング中、土手の上で激しい夕立ちに降られたときのようだ。逃げる場所などどこにもなかった。おれはヤケになり、全力でどしゃぶりの中を走った。

「あ、もう一ハンあった。ハイテイだ。最後の酒なんだから。ハイテイがついてハネ満ですよ」

わかったのかわかってないのか、三十万先輩は泣きながら何度もうなずいている。

「もったいない。ほんとうはハネ満級の美味い酒だったはずなのに。全部、先輩のせいですよ。襷がつながらなかったんだから。全部、先輩がぶちこわしたんだ」

言葉に力をこめた。そうしないと語尾が震えそうだから。

三十万先輩の顔をにらもうとした——が、顔はうなだれたままだ。

誰も三十万先輩にきびしいことを言わなかった。四年生も、あぶさんも。三十万先輩が辛《つら》いのはわかっているから。

だからおれが言ってやる。

今、そう決めた。

「襷がつながらなかったら、そりゃ後続の気持ちは切れますよ。なんでおれがあんなに怒られなきゃいけないんですか。なにが、ハートで選んだのにハートを折ってどうする、だ。みんなも同じですって」

「……すまん」

「たしかに、あれは山岳事故、遭難だったのかもしれない。自分の意志ではどうにもならなかったのかもしれない。でも、他のランナーは平気だったんでしょう。悔しくて仕方ありません」

三十万先輩が酒を注ぐ。酒が溢れる。湯呑みに満ちた酒を一気にあおる。

「熱い気持ちは襷でつながるんだ。だったら、襷が途切れたらハートも冷えますって。ただでさえ寒いんだから。なんだ、あの白と黄色の襷は。最低のセンスだ。あれじゃあ晒《さら》し者ですよ。みんなの一年間の頑張りが、５区で吹き飛んだんだ」

「タケル」

「返してくれ。三十万先輩。チャンスはあと二年あるって言われるけど、今年の箱根は一生返ってこない。一年間、頑張ってきた箱根は返ってこないんだ。おれたちの箱根を返してくれ」

湯呑みが転がった。三十万先輩がもたれかかってきた。つぶれたのか、と思ったら首を絞められた。

「くそう、くそう」

おれの背中が床についた。

鼻水とよだれと涙が、おれの顔に落ちてくる。

「おれだって、時間を巻き戻したい。なんどもそう思った。なんでもするからって神様に頼んだ。おれが、襷を切ってしまった。死にたかった。だけど死んだら、それこそ修学院大は終わりだ。逃げ出したってニュースになってしまう。どうしようもないんだ」

覚悟したけど、それ以上なにもされない。おれは右手の拳を三十万先輩の頰にぶつけた。わあ、と声がして三十万先輩が仰け反った。もう一発殴った。すると三十万先輩の拳がおれの左頰に当たる。弱々しい。おれは右のパンチを出した。

冴えない殴り合いだ。

三十万先輩がまた距離をつめて、抱きついてきた。

「じゃあ、どうするんですか」

「こんなに辛いことはなかった。本当に、みんなに申し訳なくて」

「そうやって辛気《しんき》臭《くさ》い顔してさ。悲しみをずっと引きずってさ。そのまま社会人になるんですか。ダメだよ先輩。先輩は中学の先生になるんじゃないか。そんなんじゃダメだって。生徒たちに、走ることの素晴らしさを教えるんだろ」

泣き声だけが返ってくる。

「胸張ってさ。途中棄権したときの気持ちをさ、生徒たちに聞かせてやってくれよ。どのくらい辛かったかさ。死にたくなるほど落ち込んだんだろ。そんな辛い体験、誰でもできるもんじゃない。だからこそメチャクチャ前向きになってくれよ」

しゃべっているうちに思い出した。『昨日はどこにもありません』だ。

今こそ——あの詩だ。

「先輩、『昨日はどこにもありません』だ。もちろん知ってるでしょ。国語の先生になるんだから。『いいえ悲しくありません　何で悲しいものでしょう　昨日はどこにもありません　何が悲しいものですか』だよ」

泣き声が止《や》み、三十万先輩がおれから離れた。ひどい顔だ。おれも同じような顔をしているんだろう。

おれは二段ベッドの布団の下に敷いてあるノートを引っ張り出した。裏表紙に詩が書いてある。

「おれの大好きな詩です。暗記してるけど、ちゃんと読みますよ」

おれは背筋を伸ばし、天井に向かって声を出した。

昨日はどこにもありません
あちらの箪笥《たんす》の抽出《ひきだ》しにも
こちらの机の抽出しにも
昨日はどこにもありません

それは昨日の写真でしょうか
そこにあなたの立っている
そこにあなたの笑っている
それは昨日の写真でしょうか

いいえ昨日はありません
今日を打つのは今日の時計
昨日の時計はありません

今日を打つのは今日の時計
昨日はどこにもありません
昨日の部屋はありません
それは今日の窓掛けです
それは今日のスリッパです

今日悲しいのは今日のこと
昨日のことではありません
昨日はどこにもありません
今日悲しいのは今日のこと

いいえ悲しくありません
何で悲しいものでしょう
昨日はどこにもありません
何が悲しいものですか

昨日はどこにもありません
そこにあなたの立っていた
そこにあなたの笑っていた
昨日はどこにもありません

「タケル。ありがとう」

三十万先輩が右手で顔を拭《ぬぐ》っている。

「なに言ってるんですか。話はこれからですよ。今度は先輩の番だ。全部、おれに話してから会津に帰ってください。来年、おれが5区を走るかもしれないんだから。いや、おれが走るよ。絶対に走る。もうメチャクチャ気合い入ってきた。さあ、呑み直しだ」

顔を洗うために、おれは立ち上がった。

思い切り引き戸を開けると、いくつもの頭が下のほうにつらなっている。曲木、岩井、貫、伊地。四人が驚いた顔でおれを見上げている。

「タケル、だいじょうぶか」と曲木がささやいた。

「おい、酒はヤバいよ」

岩井が言う。

「うるせえ。チクるんならチクれ」

おれはやつらの頭を跨《また》ぎ越し、洗面所で顔を拭った。

鏡に映った自分の顔。しょぼくれた顔をしている。三十万先輩のパンチは全然たいしたことはない。

それより……。8区を走っていたおれは、どんな顔をしていたのか。

にっこりと笑ってみた。冴えない顔だ。

呑み直しは悪態抜きだ。三十万先輩から、山上りの辛さを全部聞き出すんだ。

出番前の力士のように何度も両手で顔を挟みつけ、部屋へ戻った。

ずいぶんと人数が増えている。雑誌はとっ払われ、曲木、岩井、貫、伊地が、一升瓶を前にしてあぐらをかいている。立っていた三十万先輩がタオルで顔を拭い、床に座った。

「寮則破りを見てもうたけど、チクるなんて卑怯《ひきょう》なマネでけへん。せやったら、共犯になるしかないやろ」

曲木が笑う。

「タケルのことだから、あればあるだけ酒を喰らうだろう。先輩は病院帰りなんだぞ。無理に付き合わせるな。そういうことも考えて、おれたちが手伝ってやる」

岩井が言う。

「規則って言ったって、箱根は終わったんだから。そうだ。これを契機にして、真根センに例外事項を追加してもらいましょう。四年生が寮を出る前日に限り、適度な飲酒を認めるってことで。〝三十万ルール〟って名づけましょう。おれたちで修学院大合宿所のルール変更をやっちまいましょう」

　貫が言う。

「よかよか。そいはよか」

　伊地が笑う。

　おれは曲木と岩井の間に腰を下ろした。車座《くるまざ》になった。

「じゃあ」

　三十万先輩が口を開いた。

「酒はもういいから、一緒に走ってくれないか」

　ええ？　おれたちは同時に声をあげた。

「最後にもう一度、土手を走りたいんだ。土手を流していると、気持ちが落ち着くんだ。今朝も一人で走ってきたけどさ。気持ちはばらばらのままだった。最後にそんな気持ちで土手を走ったというのがいやなんだ。……もう一度走りたくなった」

「でも、結構呑んでますよね」

　貫が一升瓶を指差す。半分くらい減っている。だいぶ零《こぼ》したけど。

「ジョグで行こう。酒呑んで走るのは初めてだけど、案外、血行がよくなって疲れが早く取れるかもしれない」

三十万先輩が言う。

おれは手を打った。おれも酒を喰らってからのジョギングは初めてだけど。

「負け惜しみに聞こえるかもしれないけど……大学の一番の思い出は箱根じゃない。多摩川の土手なんだよ。入学してからずっと土手を走ってきた。締めくくりも土手でいきたいんだ」

行きまひょ！　と曲木が立ち上がる。

おれもつられて勢いよく立ち上がった。脚の痛みはどこかへ消えている。

だけど、脚のどこかに力が入らず、あっけなく尻もちをついてしまった。

三十万先輩がおれを見下ろしている。差し出された長い手を、おれはしっかりと握った。

謝辞

本書執筆にあたり、取材の過程で様々なヒントを与えてくださった、國學院大學陸上競技部の前田康弘監督と部員の皆さん、高崎健康福祉大学高崎高等学校陸上競技部の北田初男先生と部員の皆さんに、心より感謝申し上げます。ありがとうございました。

【主な参考文献】

『三好達治詩集』（ハルキ文庫）
竹内靖雄『チームの研究』（講談社現代新書）
杉浦日向子『一日江戸人』（新潮文庫）
小池龍之介『考えない練習』（小学館文庫）
ビートたけし他『60年代「燃える東京」を歩く』（JTBパブリッシング）
夏目漱石『坊っちゃん』（小学館文庫）
『井上ひさし全選評』（白水社）
井上ひさし『雨』（新潮文庫　P108「それからのブンとフン」引用）

本書は二〇一二年十二月刊の『デッドヒートⅠ』、二〇一三年七月刊の『デッドヒートⅡ』（ともにハルキ文庫）を底本とし、大幅に修正を加えました。

なお、本作品はフィクションであり、作中に登場する人物、および団体などは、実在するものといっさい関係ありません。

Haruki Bunko
ハルキ文庫

す 4-9

デッドヒート㊤ おれたちの箱根《はこね》駅伝《えきでん》

著者 須《す》藤《どう》靖貴《やすたか》

2019年4月18日第一刷発行

発行者 角川春樹

発行所 株式会社角川春樹事務所
〒102-0074 東京都千代田区九段南2-1-30 イタリア文化会館

電話 03(3263)5247(編集)
03(3263)5881(営業)

印刷・製本 中央精版印刷株式会社

フォーマット・デザイン 芦澤泰偉
表紙イラストレーション 門坂 流

ISBN978-4-7584-4250-3 C0193 ©2019 Yasutaka Sudo Printed in Japan
http://www.kadokawaharuki.co.jp/[営業]
fanmail@kadokawaharuki.co.jp[編集] ご意見・ご感想をお寄せください。